沙间集

苏大宝　著

中国三峡出版传媒
中国三峡出版社

图书在版编目（CIP）数据

沙间集 / 苏大宝著. — 北京：中国三峡出版社，2019.1
ISBN 978-7-5206-0074-3

Ⅰ.①沙… Ⅱ.①苏… Ⅲ.①散文集–中国–当代 Ⅳ.①I267

中国版本图书馆 CIP 数据核字（2018）第 239019 号

责任编辑：赵静蕊

中国三峡出版社出版发行
（北京市西城区西廊下胡同51号　100034）
电话：（010）57082645　57082655
http://www.zgsxcbs.cn
E-mail:sanxiaz@sina.com

北京环球画中画印刷有限公司印刷　新华书店经销
2019 年 1 月第 1 版　2019 年 1 月第 1 次印刷
开本：880 毫米 ×1230 毫米　1/32　印张：7.625
字数：212千字
ISBN 978-7-5206-0074-3　定价：48.00元

序 *preface*

沙子因磨砺而焕发出金子的光彩

对苏大宝的了解始于十年前，那时他用一把沙子已开始在媒体上崭露头角。我想，有不少朋友也许还记得，当时火爆在网络上的《奥运沙画》《缅怀迈克尔·杰克逊》《七夕沙画》吧。正是这些沙画作品的出现，吸引了我们这些媒体人的目光，随着媒体逐渐增多的报道，新奇的沙画艺术逐渐在中国传播开来。那时大宝的沙画艺术还处于上升期，他也非常虚心，曾经问我，从旁观者的角度，还有哪些需要改进的地方，我说表现的时候是否可以更快一点，他在之后的创作中，也采纳了我的建议。如今看他的表演，自然天成、行云流水。梦幻的沙画加上对事业极度认真的苏大宝，正是我们这些媒体人最偏爱的那种报道对象，能够成为媒体的“宠儿”，这对他来说，也算是一种“天时”吧。随着曝光率的不断增加，短短几年的时间，一个名不见经传的小伙子，因玩沙而变得不同凡响。

当时我们也给他做了一期节目，对他的从艺经历做了比较详细的报道。了解了他的故事后，我们为他能遇到沙画而感到庆幸，同时也对他的专注和坚持感到钦佩。不知是沙画碰到了他，还是他找到了沙画，总之，大宝手捧一把沙在激情地描绘着梦想、描绘着未来。挥洒之间，对美、对度、对节奏的把握，他淡定从容，游刃有余，我看那也是他将命运牢牢把握在自己手中的写照。人生中能遇到自己最喜爱的事情一定是幸福的，沙画成就了他。我由衷地为他感到高兴。

北京或许是天堂，无数人在这里追逐着自己的梦想，然而在通往梦想的路上无不经历着一番痛苦的锤炼，所以也会有无数的人在面对考验时退却。谁能想到玩把沙子能走多远？大宝经受住了考验。十年过去，他的艺术已是突飞猛进，沙画事业也做得风生水起，他玩出了美妙、玩出了高度、玩出了境界、玩出了大名堂。他不仅刮起了沙画的浪潮，将沙画玩到了众多主流媒体的平台上，将沙画的影响推到了众所周知的程度，而且还将沙画玩出了国界，玩到了世界的舞台上。一粒沙子因磨砺而焕发出金子的光彩，不得不说是个奇迹。如果说，当初大宝是因为把握住了机遇或者说幸运而碰到了“天时”，现在我想说，地利、人和也眷顾着他。

天时、地利、人和，毕竟是外在的因素。能受到这些外在因素眷顾的人，我想他自身是否也有着天然的、内在的磁场，并能感召到那些成就人、成就事的因素呢？在这本书中，也就是在大宝身上能找到一些启示，善良、阳光、真诚、上进、好学、谦虚、创新，我想，这些就是他追逐梦想时所散发的天然的、内在的磁场吧。

除此之外，我也想说说大宝身上还有着独特的灵性，我们熟知的是他在沙画方面做出的骄人成绩，其实，他还做过五年的魔术师和口技演员，在书画方面也颇有造诣，还举办过好几次展览。何曾想，他这次又跨界玩出一本独特的文集来。据说他还在写小说，不得不赞叹他精力旺盛，而且富有艺术的天赋。

说这本书独特，是因为其中的内容源自于玩沙的过程，真情、朴实，很有画面感。其中插图也是他自己精心绘制的。我想，沙画作为全书插图的散杂文集在市面上应该还没有看到过吧。

他在书中写道，生活是门艺术，无论你有多渺小，或是有多伟大，我相信都会有自己独特的精彩，正所谓一沙一世界。他的精彩，在这本书里得到了体现。

祝贺大宝！

《凯叔讲故事》创始人　凯叔

2018.8.16

生活是一幅幅沙画

世界上有一种感动，是那些敢于追求梦想的人创造的。他们坚持理想，不忘初心，沿着生活的山丘一步一个脚印，不经意间回头，才发现自己居然已在高处。苏大宝就是这样一个人。

与大宝老师相识，源于我们的一档访谈节目。两次畅聊，几乎聊透了大宝老师的半生往事，他和所有来北京追求梦想的人一样，张开双臂深情地拥抱着这个城市，渴望着、奋斗着、快乐着、忧伤着、迷茫着、找寻着…… 汗水和泪水交织出一段段动人的故事。他说我现在是最了解他的媒体人了。

他的故事有些传奇。瞒着父母辍学；为谋生，街边卖袜；绝望时，感激于一番虔诚换来的算命纸条的安慰；住过两年简易房，搬过 13 次家；遭受过挚友的背叛，几度身无分文；跑龙套、学魔术、练口技，可以说尝遍了生活的艰辛，也使出了浑身解数，一切只为能在北京闯出自己的世界。

为了给自己创造机会，他在驻场的夜场表演之后，在卫生间练习书法。甚至还曾举着自我介绍的小牌子徘徊在中央电视台的地铁站口，只为能被发现 ......

终于，他与沙画邂逅。天赋、勤奋和多年苦难的经历成就了他，是天意也是必然。他成为了遨游在沙世界里的一颗耀眼的明星。然而，他并没有得意和满足现有的荣光，从未停止前进的步伐，他要把沙画发扬光大，要让它成为独具魅力的新兴的艺术门类。

相较于他炫目的艺术成就，我更敬重的是他的为人——居高不傲、年轻不躁。

如果说，舞台上精彩的沙画表演，让我们看到的是大宝的淡定、从容、大气的外在；在这本书里，你将看到的是大宝的一颗善良、阳光、隐忍、丰富、包容、明了和真诚的内心。

艺术人生，从来都不是只有艺术的人生，悟得做人之道，方能趋近圆满，才可到达彼岸。

读大宝老师的散文，能体会到雕刻时光的匠心。陈年往事、生活插曲、因缘际会、求学问道，他信手拈来皆成文章。幽默之处让我忍俊不禁，豁然开朗；动情之处让我悄然落泪，心生敬意。字里行间，话里话外，蕴藏着一个朴实而有趣的精神世界。

这本书值得细细品味、细细揣摩。

原中央电视台《东方之子》编导、资深媒体人　一凡

2018.9.10

自序
anthor's preface

一沙一世界

每每创作出一个满意的作品，便会短暂地飘飘然一会儿。飘飘然的时候，就会自诩“艺术家”“大师”来陶醉一番，但那只是独处时或与老婆相处时发发轻狂，其实我还是很有自知之明的。无论媒体或粉丝如何捧抬，我知道，自己只不过是一粒对艺术有所痴迷、有所追求的“沙子”罢了。

以我这点艺术修养来看，真正的艺术家、大师一定要有真挚而火热的情感和高超不凡的技艺，二者缺一不可。不然，便会落入到“匠”或者“票友”甚至毫不入流的境地。

我不认为自己是个票友，也不甘心是个“匠”，我当然要追求至少是“艺术家”的境界。

“技艺”无止境，随着年纪的增长和不断的勤奋努力，定是逐步上升的。在这方面，我正一点点地走向成熟，因为我对时间还算真诚，并没有过于浪费光阴。我也深知欲使技艺达到“炉火纯青”犹如攀登珠峰一般，只有齐白石、张大千那样的艺术家才可配以这样的赞许。倘若他们能活到150岁，那还真不知能用什么词去形容他们的造化了。我才三十多岁，根本没必要考虑太多，坚持就是了，急也是急不来的。

聊以自慰的是，我一直保有一颗“真挚而火热”的心，这也是我坚定走艺术道路的底气或者叫“资本”。

在沙画创作中因技艺不达而产生的苦闷，我会以其他的方式来调节、来疏导。或唱，或跳，或画画油画，或练练书法，有时还会情不自禁地拿起纸笔来码字，时间长了，不觉也凑成了一本书的厚度。

我不管这些“杂七杂八”是否遵循了文章创作的规律，也不管是否会被行家见笑。看到厚厚一叠纸稿，居然有了一种莫名和大胆的冲动。说实话，我挺拿它们当回事的，把它们放到最私密的地方，期待它们有一天能“华丽亮相”。真的有出版社也在乎它们，让我很欣慰、很激动，这更加增强了我的自信。索性又来次跨界，放开来飘飘然一回吧。

生活是门艺术。无论你有多渺小，或是有多伟大，我相信都会有自己独特的精彩，正所谓一沙一世界。只是很多人没兴趣，或没时间，或没精力用心去感受吧。当然，感受到了自认为的精彩，并将它记录下来，而且还乐于与大家分享，我想，至少精神还算可贵的。

写文章非我长项，也许连门都没入，不过我敢保证，其中的情感绝对是真挚而火热的。望朋友们能在我的这个分享过程中感受到些许温度。

苏大宝

2018.11.1

目录

Mulu

感恩篇

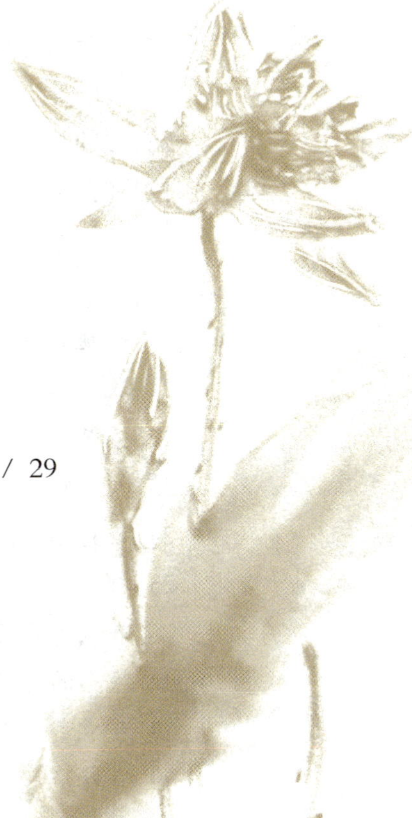

感谢篇

感受篇

感怀篇

感悟篇

感恩篇

Gan En Pian

1

那一幕

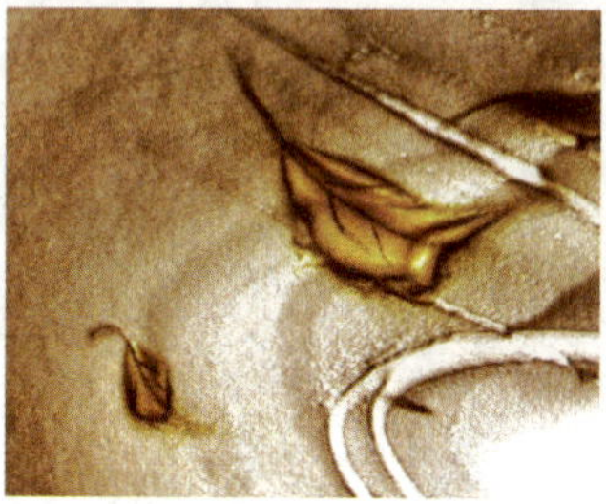

诱人的呛香味从厨房的缝隙蔓延开来，伴随着母亲叮叮咣咣的炒菜节奏，几缕淡淡的青烟在房间的上空翩翩起舞，无时无刻不考验着我们的耐心，我的喉结上下地窜动几下。我们期待着那一刻，母亲手捧着最后盛出来的佳肴宣布——“开饭了！”那确实是激动人心的一刻。

我与弟弟十分熟练地将墙边的四方桌挪至合理的位置，然后摆放好四把椅子，其中一把转动的皮质老板椅，放在主桌方位，那是属于父亲的位置。只需要转过身来，便可从碗柜中找出碗筷及饭勺，当然还有一只属于父亲的酒杯。“呼”，弟弟打开高压锅，一股白气腾升，这是用餐的前奏。他将锅盖平移顺势斜搁在锅沿。接着我非常连贯流畅地将饭勺伸向还在欢腾冒泡的白米饭中，不偏不倚，正插中央。

父亲对我的盛饭方式又一次表示不满：“盛饭的时候，要从边上开始，不要一开始就杵到中间，不好看。”我有时吐吐舌头，有时蹙

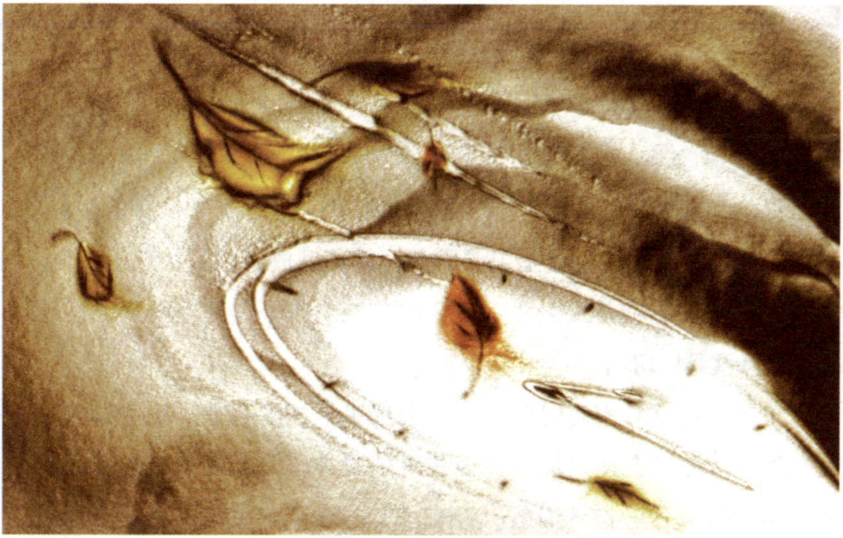

蹙眉头，大多是做给父亲看的，表示出些许遗憾与歉意。不过，下次也许还是改不过来。因为那种直捣黄龙的快感是难以形容的。

三碗米饭各就各位，唯独父亲的碗是空的。他习惯酒后吃饭。酒刚倒好，厨房的叮当声戛然而止，门终于打开，母亲头顶着毛巾，一脸通红，手端着最后出锅的一道菜说道："吃饭。"实际上，只有等父亲抿上一小口，拿上筷子的那一刻才算正式进入主题。

餐厅实际上只有十多平方米。其实也是我和弟弟的卧室。我背后就是一架 1.2 米宽的绷子床，我与弟弟就在这同床 10 多年。我们的身体印证着床的使用空间逐渐变小。而床上方的一块水泥挡板上搁置的两个大麻袋却从未变化，里装何物似乎无人问津。床头便是碗柜。父亲坐在上座，紧临他们的卧室门口。弟弟与我对桌，靠着另一面墙，墙上有一个凹进去的壁柜，搁着我们的牙具与两个开水瓶，还有一瓶墨汁。两支对比鲜明的牙膏，一支被挤得歪七扭八，而另一支挤得规规矩矩（那是父亲使用的结果）。如果实在看不过去，父亲也会修整另一支，并同时重复那句："挤牙膏要从底下往上挤！"壁柜的底下，也就是弟弟脚旁，整齐摆放着四五个坛子，坛子底下散堆着一堆蔬果之类。母亲与父亲对坐，右手边就是碗柜，碗柜侧旁就是厨房门。

父亲一贯反对用餐时闲谈，常会严肃地提醒我等："吃饭就吃饭！"不过那样会换来母亲针锋相对的眼神。但有两种情况例外，一种是待他酒过三巡的时候，还有就是讨论"有关辣椒"的话题。常有的一幕就是，辣得面红耳赤且越战越勇的弟弟终于忍不住称赞："妈妈，我觉得你这白辣椒炖牛肉真的很好吃，辣得我脑壳像针击，好吃，好吃，对吧，爸？"父亲便忘记了自己的原则，应声道："嗯，你妈妈弄这个还是可以的，辣椒不辣有什么吃头……"母亲还未等他说完就会讥讽道："跟着你爸，什么都没指望上，就是辣椒算是吃饱了的。"有时他俩若是嫌辣椒不够辣，母亲则会回道："还不辣，人都要辣懵了。"或者把我扯进去："民儿（我小名）吃不得辣！"我立刻调和道："吃得，吃得。"

吃完饭，父亲眼皮已半耷拉下来。弟弟很准时地去楼下上厕所，还会叮嘱一句："嗯，先去个厕所。"我将碗筷收拾好，然后擦桌子。这时候，父亲又会意气风发，甚至会亲自示范如何更有效率地将桌子擦干净。擦完还会总结一下经验："擦桌子，要从外往里擦，你们搞事就是不一二,一抹了事。"其实我听了无数遍了。那指挥的神态，最大的特点就是两条眉毛几乎是竖起来的。母亲的回应就是圆瞪着眼睛然后猛合上，同时头做 45 度转角，似乎在说："就你行？"而带出的是另一句话："看都看不得。"

哗……，水龙头已经打开，厨房叮叮当当的洗碗声也是用餐的尾声。

在那套一室一厅一厨无卫生间仅40多平方米的家里，几乎每天都上演着那一幕。那一幕一直延续到我兄弟俩上寄宿学校。后来那房子不再属于我们，确切地讲是我们不再属于那房子。再后来我与弟弟各自成了新家，而那个家便终于难以重返。

每次回老家，我还会去看看那间房子，那个曾经的家。我从窗口往里望去，仿佛还能看见自己，看见父母与弟弟，我们团围在那张四方桌旁，那一幕依然。

而如今，当我抓起笔来描写那一幕，那20多年前的一幕时，房子外面又多了一个在窗前向里寻望的我。

北京

2015.7.16

扫一扫　精彩沙画视频　马上呈现

爹娘是我眼中佛

2

家乡的米粉

客居北京已十多年了，家乡人早已把我当“北京人”看待。在他们看来北京好处多多，看的玩的应有尽有。别的不说，在集齐了珍馐百味的地方生活，口福定是不浅的。却不知，我时常想念家乡那滋味浓郁、爽口顺滑的米粉。

米粉中有儿时的滋味，有趣又有味。我懵懂时就能有模有样地和大人们一起给自己的碗中调料。一勺盐、半勺味精、一勺猪油、半勺酱油、小半勺蒜、小半勺姜、小半勺葱、一整勺辣椒油，这便是我的口味。当然其他小伙伴也会这一手，根据自己的侧重来调味。调好后便给厨师，厨师将粉条放入滚烫的水中搅拌，同时在碗中倒入一锅勺原味骨汤。这一勺汤的加入如施展了魔法，使碗中顿时生机盎然，红的、白的、黑的、绿的、黄的，如猛醒的精灵，相间又相合地旋转舞动，上下翻飞。似无声的乐曲跳动着美妙的音符；又似孩子们在做“丢手绢”的游戏，融洽中又彰显着自我的本色。那旋转翻腾的表面散发着迷人的、淡白色的气，如幽灵般进入到我们的鼻孔。食欲这头“怪兽”被刺激得再也按捺不住，在人的喉结处不住地上下涌动，欲冲将出来直扑碗中。雪白的粉条在沸水中搅拌一两分钟用漏网盛出，然后再浇上一勺自选的盖码，完工！

此刻便是全程的最高潮，眼睛、鼻子、嘴巴恨不能都化成筷子直奔那滋润如玉的存在。猛一口，鲜的、辣的、酸的、甜的、香的顿时霸占了口腔乃至鼻腔的各个角落。柔的、烫的、滑的、嫩的、有弹性的皆在口中，欲吞又不舍，欲咬又不忍。似断非断、似烂非烂，只稍作停留，便滑将下去，犹如一团烈焰荡过整个食道，直抵肺腑，好不痛快……

老的、少的个个进行得酣畅淋漓。有的额头不住地滑动着珠子，那是热气与汗水的“结晶”；有的吃出两管清鼻涕，与雪白的粉条“交映成辉”而浑然不觉；有的吃得鼻头、嘴唇、双耳红亮得格外通透；有的嘟噜着嘴，忘情地享受着“吱溜”作响的伴奏，粉条如鳅鱼般钻进嘴中，转瞬便不见了……

我一般会吃个底朝天，汤水也不剩一滴。从头到尾三五分钟便会解决，解决完毕，便又生悔意，想想该细细品味才是。如今想来儿时的滋味都融在米粉之中，有趣、有味，难以忘怀。

米粉中有成长的滋味。从小学到现在，从山村到北京，米粉滋味一直伴随我左右。但其中的“趣”越来越少，其中的“味”也一味不如一味。

我想，这主要是两方面的原因吧。

第一，自己的心境不同了，越长大反倒越把握不好自己的品味。有时以为不贵不以为味；有时以为不洋不以为味。失去赤子之心的、强迫自己意愿的品味反而尝不到味了。或许这是环境使然吧。在我看来，山珍海味有时真比不了一碗家乡的米粉，因为它纯朴、自然，食之不厌。

第二，烹制米粉之人的心境也与以往大不一样了。那时的粉店老板或厨师将名誉与口碑奉为至宝，可以不挣钱，但不能没面子。这面子的实质是技术、工艺与服务。哪有以次充好、偷工减料等超越底线的事情。现在一些老板以利字当头或不得不以利字当头，哪还有好的心境去调味呢！不说利欲熏心，就是这统一的味道、流水的作业也大大减少了食欲。你接受也得接受，不接受也得接受。有时感叹找一家米粉店容易，吃一碗有味的米粉难，更谈何有“趣”。

一次，我买全了米粉加工所需的材料，严格按家乡的烹制过程加工，却怎么也做不出家乡的味道来。后来我明白了，有了好的心境，有了好的技术，但没有上佳的材料也是徒劳的。这简直成了一种奢望，上佳的材料出自生态、自然、绿色、有机，如今还能寻出几样？

尽管如此，我还是迷恋那米粉，或许并不在“趣味”间，而是米粉中有家乡的滋味。家乡是自由的、温暖的、轻松的、纯真的，比之“趣味”更让人依恋。记得，第一次来北京时，上车前就是吃一碗米粉，似乎要带一份家的味道上路。转眼十多年过去，中途也偶有回家，每下车时的第一要务便是先找一家米粉店大快朵颐。好像只有吃到了米粉才算真切地回到了家。离别或重逢的滋味也是融在那米粉中的。

世事繁杂，人心浮躁，时过境迁。有一天我忽然发现，回来也很难找到从前的滋味了！

北京

2011.10.31

3 爷爷

现在我拥有宝贝了，我的父亲捧着那小家伙乐不可支的，爷孙俩感情那叫一个黏糊。“叫爷爷，叫爷爷，快叫爷爷……”小家伙还根本不知道说话，但丝毫不影响我父亲与他交流的兴致。

我在想，宝贝的爷爷是一位和蔼可亲的爷爷，时不时还会做鬼脸逗他玩，我很羡慕。因为他爷爷，也就是我父亲，以往在我眼中是一个古板而严肃的人。同时，我也想起了我的爷爷，也就是我父亲的父亲，一个比父亲还父亲的人。

从记事开始，每到寒暑假我和弟弟都会回到乡下老家（牯牛山）。回家的口号是：“回去看爷爷啰！”实际上，兄弟俩更关心的是上山采野果，下河摸鱼虾。最关键的是——终于可以名正言顺地逃出父母“监控”的范围了。

到了老家，爷爷还是老样子，正襟危坐在堂屋门口，跷着二郎腿，像一口钟，像一尊菩萨。看见他，我们兄弟俩异口同声地喊道：“爷爷。”他微微一笑，点点头说道：“大宝、小宝回来啦。”就此完事。我们例行完“公事”便急不可耐地奔河沟里去了。

其实，爷爷平时都不带笑的，很严肃。我们也习惯了，认为那并不代表他不喜欢我们，因为他的所有孙辈都没有享受过别样的待遇。

我们是一个大家族，爷爷是这个家族的“泰山北斗”。除了爷爷还有二爷爷、三爷爷、小爷爷。二爷爷在爷爷的老家新化没过来；三爷爷早就过世，只剩三奶奶；还有就是小爷爷小奶奶。这都是属于“树根”级别的。我爷爷有六个儿子三个女儿。我大伯伯、二伯伯、三伯伯、四姑妈、五姑妈家都是最少四个孩子的。我爸排行老六，有我和弟弟。父亲下面还有两个叔叔一个姑姑，除了最小的叔叔只有一个孩子外，其他最少有两个。加上三奶奶家和小爷爷小奶奶家族，那么这些个亲戚关系就更为复杂。而且通过联姻，那个村子，或村子边上的村子几乎都是亲戚了。反正我到今天也没有捋清楚这些个关系。当然，爷爷是这族群中当之无愧的“老大”。

听父辈说，我们的祖籍在新化，离现在老家几百里的地方。很早的时候，新中国成立前，爷爷带着老祖母、奶奶、三爷爷、小爷爷、大伯、二伯，也是一大家子逃难来到如今的地方。那时候那里还是荒山野岭，他们就此开荒种地扎下了根，然后繁衍发展，最后就成了一大家族了。每说到此，我对爷爷都充满崇敬之情。那是多么不容易的事情啊！要知道在那个年代能将两个弟弟扶持成家，将自家的一群儿女带大，这要经历怎样的苦难历程！父亲常说奶奶是爷爷的得力助手，是一位能干的女中豪杰。那时候县里干部下基层都是在爷爷奶奶家落脚，据说奶奶还经常徒步去县里开会。只是，奶奶过早的离世，走时爷爷才 50 多岁，他一个人又走过了约半个世纪。

总的来说，爷爷儿孙满堂，晚景还算圆满。儿孙们对他都很孝

顺。叔伯们都修了大房子，聚居在一起，爷爷想住哪家，哪家都乐意。但爷爷很有原则性，一家住一个月，到月必须去下一家，他自己把时间卡得极准，大家强留不住，无可奈何。

我父亲在乡里单位上班，离老家有两个小时的车程，而且又是山路，来回一趟很不容易。因为交通十分不便，还要徒步一个多小时的山路，山路崎岖陡峭。叔伯们不敢让他周折，所以我们家只能是在过年时与爷爷团聚，相对来说，见爷爷的机会是比较少的了。

有一年，爷爷突然出现在我们家门口，他拄着拐杖，神清气爽。我们一家都惊呆了，因为那时他已是90高龄的人了。叔伯们也急坏了，但怎么也扭不过倔强的爷爷。山路难走都不说，中途还得倒两次车……

从那以后，我经常会跟人说起我爷爷，说我爷爷很厉害，90多了还十分硬朗，还能独自长途跋涉来我家。在我眼中爷爷有一种威严，有点仙风道骨。他从不大喜大悲，有良好的作息习惯，常喝点养生酒，能下地种菜，还能上山砍柴，耳聪目明，头脑清醒。乡下空气新鲜，饮食纯天然，爷爷肯定能活一百岁，我们都这样认为的。

2008 年，湖南遭受前所未有的冰冻灾害。爷爷也在那个时间点逝世。我在北京接到电话，心情十分沉重，因为天气的原因，我们也没办法赶回去奔丧，我和爱人在家里点上三支香，朝南方磕了几个头。我心里想："爷爷，我们不能回来见您最后一面了，您走好，我会想您的！"我没有流下眼泪。或许是因为孙子与爷爷有一种微妙的距离感，从没有与爷爷亲近过的缘故吧。听父亲说，爷爷的葬礼有多半的子孙因天气无法赶回。

第二年春节，与父母一同回老家。来到老屋，我依然感觉爷爷还坐在堂屋门口，还是那样正襟危坐，一脸严肃，跷着二郎腿，一声不吭，还是在那微微一笑，说了句："你们回来啦。"然后完事，又恢复平静。像一口钟，像一尊菩萨。那一坐就是半个世纪，连同那老屋一起慢慢变老……

在爷爷坟前，我跟父亲说："爸爸，为什么爷爷从来没有抱过我们，难道他是不喜欢小孩子吗？"父亲说道："子孙太多，抱不过来嘛，对哪一个有点特殊都不太好，难道你不觉得我们这个大家族是和和睦睦的吗？他要是不喜欢你们，会在 90 岁的时候不顾安危来看你们？"

我恍然大悟。那时只知道得意，却忽视了时光对一位 90 岁的老人来说是多么宝贵又多么残忍的啊！

瞬间，我的眼前模糊了，泪水流到嘴边……

北京

2013.11.29

4 归来

面对着延绵起伏的苍山，我泪流满面。

身后是风烛残年的木屋，屋下是一位比这屋还要老一倍多的老人。他一动不动，斜躺在特制的竹椅上，身体覆盖着厚厚的被褥。他已十分衰弱、十分疲惫，无奈地、静静地在等待。头耷拉着，时不时向上抬一下，然后很快又耷拉下来。嘴中也时不时喃喃两句，证明自己还尚在人间。如初生的婴儿一般，费力地、颤抖地撑着眼皮，那眼神黯淡无光，他只想多看看，看看他的子孙，看看子孙们是否全回来了。除此，他已完全不留恋这个世界的其他了。这位平凡的老人，养育的子孙加起来已 70 多人。

儿孙们来了不少，有的也被岁月侵蚀得让人心痛，都是他喃喃念叨的一个个，遗憾的是他已基本上认不全，甚至已认不出来了。其中包括他常挂在嘴边的他最满意的外孙。

他最满意的外孙，3 岁到 5 岁间都跟随着他。白天，他跟他上山、下地、放牛、放羊。外公能逼真地模仿各种动物的声音逗他开

怀大笑，尽可能地采来野果、掏来鸟蛋给他补充营养；晚上，外公给他讲着超越那大山时空的故事，他依偎在他身旁，看着星空，对外面的世界充满了无尽的想象。外公哼着小曲，慈祥地抚摸着他的头，他美满地、幸福地、甜蜜地进入梦乡。他最满意的外孙，从那时开始编织着自己的梦。终于，有一天他带着那里赋予的灵气，飞出了大山，飞向了远方，他要实现他的梦，他要做他最满意的外孙。他在飞，他坚信自己还能飞得更高、更远。但他的心里依然装着那里的山、那里的水，还有那里最慈祥、最亲爱的外公。他知道，外公在那里等待、等待他的归来。

他终于飞回来了。山是那山，水是那水，而人却不是那时的人了。

我端详着他的脸，他费劲地、直直地看了我两眼。我希望从他的眼中能泛发出一丝惊喜的光。他耷下眼皮，低下头没有任何表露。母亲说，他还能时不时抛出一句：“我最满意的外孙就是‘民儿’（我的乳名）和小宝（我弟弟）。”他还记得我，我现在就在他面前，可是他却认不出我。

我想告诉他我就是民儿。突然，他抬起头来吃力地说了句：“小时候没把你带丢啊？”

姨妈连忙问他：“还记得吗，他是谁，叫什么？”

他直直地看了看我，一片茫然，然后又耷拉下头来。我正想告诉他我就是民儿，他的头又抬起来问了我父亲一句：“我什么时候死啊？”那话说得十分无奈，他实在是疲惫不堪了，而死神总不如他

意，老是捉弄于他。

我的心里在向他呼喊："外公，我就是民儿，我就是民儿！我回来了，外公！你还认得我吗？外公！"

我强忍住没有说出来，不想让他认出我来，不想让他知道他最不容易回来的外孙也回来了，都回来了。

我转过身来，泪流满面，面对着延绵起伏的苍山。

2016 年 3 月 2 日于长沙至北京的高铁上

附：在返京途中含泪写此篇。刚搁下笔，接到家里信息，外公离世。外公，您安息！谨以此文，祭奠我最亲爱的外公。

5

坚持的力量

2009年，我接受了凤凰卫视《鲁豫有约》的专访。在电视里看到自己稚嫩的表现，我感到既兴奋又惭愧。在我看来，能上《鲁豫有约》的嘉宾，非重量级就是大师级，我两样都不占，没曾想有一天会上这个节目，沾了沙画的光。或许是老天的眷顾吧，从那以后，我也开始有了光环。感谢节目组，你们给一个普通年轻人创造了机会，也让更多人了解到神奇的沙画。

记得，我当时在录制现场脑袋一片空白，紧张拘束，不知所言。唯有一句“坚持、坚持、再坚持”还记忆犹新。鲁豫在我说完那句话后补充了一句：“2009年，流行的一句话：坚持，坚持，再坚持，从苏大宝这儿开始。”我知道，这是对我的肯定。但我认为这句话是很难流行的，因为能坚持的人毕竟是少数。坚持，很多时候只是句空话，我知道那两个字意味着什么。

2000年，也就是我刚来北京求学那年。朴实、正直、厚道的父亲带着我，怀揣八千元钱来到北京。学校学费12000元，顿时让我们父子傻了眼。“不是说学费只四千吗？带了两倍的学费还不够？”我们抱怨道。哪里知道，学校除了学费还要收杂费，简章上没明说，合起来叫学杂费，一共 12000 元。明确情况后，我俩相视无语。家里经济状况一直是紧紧绷绷的，我萌发了回家不学的念头，对父亲说：“爸，我不上了，即使今年交了学费，明年家里也负担不了的。”父亲稍有犹豫，然后道：“既来之，则安之，乡里都知道你来北京学习，回去那多尴尬呀，我回去想办法，把树砍了……”

我知道，今年把树砍了，明年树是长不出来的，但父亲坚持了这个选择，也只好走一步看一步了。于是，我忐忑不安地在北京待了下来。

也许父亲是好面子，但我认为他是在赌一把，赌自己也赌我的造化。作为父亲，他也只能是多送我一程是一程。他那时的神情坚毅又夹杂着彷徨。而我，我知道，只能赌我自己了。我永远记得在西客站送父亲上车的那一刻，望着他清瘦的背影消失在人群中，我转过头来，再也控制不住，泪如雨下……

父亲是个乡镇医院的医生，也曾担任过几届医院院长。父亲正直无私，当了院长并没有让家里的经济状况有所改善。我与弟弟相差两岁，每到开学，两兄弟的学费问题一直是父母亲争吵的导火索。我从初中开始，就害怕开学，因为开学意味着交学费，学费问题会引发爸妈的矛盾。我写过一封很长的信给爸妈，甚至还有过离家出走的念头。母亲有时候会在我们面前抱怨，抱怨父亲没有顾上这个家，然而在倾诉完后，总会不忘对兄弟俩说：“别担心，会越来越好的。”

后来，母亲在乡里大队部的外面牵了一根绳索，摆了一个摊，从常德批发了一些衣服、手链、小挂件等来卖。母亲为家里经济条件的改善做出了重要贡献，有几次帮助父亲渡过难关。乡里人的口舌有时很无聊，“堂堂院长用得着老婆在外面摆摊？”这对父亲来说好像不是一件长脸的事情。其实，母亲也是要面子的人。有时难受，他们也会不经意产生矛盾，但过后，他们迎着那些冷嘲碎语，还是坚持了下来。父亲有时会喝酒，眉头紧锁，但不会朝母亲与我们两兄弟发泄；母亲没读多少书，偶有抱怨，但她过后总会说那句：“别担心，一切都会好的。”是的，他们朴实、坚韧地面对着生活，让我学会了坚持。

母亲是希望孩子们永远在身边的。原本，她希望我在常德学医，或是在常德上大学，只要离她近就踏实。得知学费的昂贵，她更是希望我能接父亲的班当医生。可是，这次父亲的决定她并没有反对，她没有坚持她自己的愿望，因为她清楚坚持的力量，她清楚我的梦想。很快，他们回到老家砍树，为我筹集学费。我叔叔后来告诉我，那一年，我父母瘦得不忍看。

补齐了学费，我终于可以暂时安心地在北京上大学了，憧憬着、徘徊着、自豪着、焦虑着、高兴着、痛苦着。我知道，安心是短暂的，但我一定要坚持。

我坚持每天最早起床，最早到教室，有时甚至在起床时顺便把宿舍的同学全都叫醒。我就像一只守时的大公鸡，每天准时打鸣。这让某些同学痛苦不堪，甚为讨厌我。我幼稚地以为，他们的父母都在消瘦；看到有的同学迟到、早退、开小差，我心里很不是滋味；我看到男女同学因为谈恋爱而耽误学习时，我会替他们着急。那时我也有了心仪的女友，但我仍然认为耽误和影响学习是不应该的。

学到一半的时候，我开始迷茫了，心头的顾虑越来越显现。一则我开始对每天花大量时间投入的学习越来越疑惑，我学的专业对将来会不会有用？是否对得起父母沉甸甸的血汗钱？二则家里的树砍了，下一年父母是解决不了学费问题的，他们已尽力了。

为了能坚持下去，我做了不坚持的决定——辍学，当然是瞒着他俩的。我在第二年怀揣着父母东拼西凑的五千块钱来北京“上学了”，那是我自己的决定。来时，我满怀豪情地对他们说：“五千块钱够了，我现在能一边打工，一边挣学费，其他的我自己能解决。”父母疑惑、无奈，而又充满希望地看着我，我故作轻松地说：“那些到国外上学的也是一边擦盘子一边上学的，很正常，我们好多同学

都这样……”

回到北京，我再也没去过学校，此事父母一直被蒙在鼓里。直到上了《鲁豫有约》，在节目中我讲述了在北京“求学”的经历。为了生存，为了留在北京，我学着母亲当年的样子摆过摊，还卖过花、做过马仔、烤过羊肉串、当群众演员、演小品、表演口技、钻研魔术、钻研泡泡秀，一直到用一把沙子成就了现在的自己。对，我一直在坚持！

是坚持的力量让我掌握了很多技艺；是坚持的力量让我认识了很多良师益友；是坚持的力量让我不断突破；是坚持的力量让我收获了爱情；是坚持的力量让我懂得了什么是生活。坚持，让我懂得了坚持的力量。

坚持、坚持、再坚持！

（谨以此文献给我最亲爱的爸爸妈妈）2010 年

6

坐慢车返京

挤进常德火车站时，已觉得喉咙冒烟、浑身毛孔都窒息了。不过，这只是痛苦的前奏。站内的闷热汗臭之势立马压过站外单纯的炎热，我后悔挤了进来，奈何又退不出去！此时，毛孔又突地全部冲开，汗水顿时汹涌出来。眼前混混沌沌、恍恍惚惚，似乎看到我老婆，她含着不解、抱怨还兼以不屑的神态对我说："从常德坐这趟火车回北京，24 小时在车上，有动车不坐，有免费机票你不用，真不知道你怎么想的……哼，还好又不是我受罪。"这是我买完票后她电话里的原话，现在我脑海里自动配上了影像。她这次留在乡下老家度假，那日子是值得羡慕的。想到此，我为天下奋斗中的男人感到悲哀！

此刻，她若知道我的囧态，定会神气于她的先见之明的。我想起了阿 Q，也许从精神上找到突破口，没准暂时能摆脱现实，或能寻觅一丝清凉。我编了一条有感而发的信息给她："站虽很大，要挤才进，室也不小，没空调不灵。斯是陋室，闷得不行，台痕上皆烫，热浪入帘青。抱怨多妇孺，往来有白丁，可不坏心情、乱神经。

有哇哇声刺耳，有插队之闹心。路上的老公，家中的老婆，老子不服：差距怎么就那么大呢！”一按发送，手机屏幕上出现了个湿湿的“句号”。

我眼前出现了老婆哈哈大笑的样子和得意的神情，只是那神情被框在这若黑、若红、若黄，还带着金星的朦胧中。自己也不禁会心一笑。不过心里的燥热也确实服帖了很多，开始有工夫审视这座外观颇为雄伟的车站了。

经过广场到进站口，我头顶着烈日仿佛在穿越“天安门”广场般，用乡下话形容“看见屋，走得哭”。天晃地晃，我无法睁眼，从眼缝中扫描到的和从睫毛上晶莹的汗珠儿所反射的信息中，我得出一个结论：“壮观！”车站的主体建筑让我联想到台湾的“总统府”。遗憾的是偌大个模样的车站竟没空调！一般情况下我是很少骂人家长辈的。

候车室墙壁上那嗡嗡摇摆的几盏电扇，也发泄着它们对这几十年不遇的旱情的不满。只是苦了这候车室里的旅客们，如苍蝇般被这故意刮来的热风弄得躲来躲去。看着这满室的被闷热蹂躏得无精打采的乘客，我想起了蒋兆和画作《流民图》。再看看那检票口身着不整的制服、撂着脚打着腿的检票员，我忽然感觉我融入了一幕熟悉的歌剧中，不知不觉哼起了小曲：“红岩上红梅开唉唉唉，千里冰雪脚下踩唉唉唉……”

十年前初次来北京，同样是慢车，那时车厢里任何犄角旮旯都挤着人的部位，我是架着“金鸡独立”的姿势来的。尽管如此，兴奋与激情压倒一切，感觉不到今天这般苦楚。

好在这次是卧铺，挤进这充满清凉的空调车厢时，换了人间！

立马回到了从前的激情，恨不能高歌一曲："亚拉索，哎……"坐了那么多次飞机，坐了那么多次动车都没有如此激动的感受。静下时，我自己都在纳闷，怎么鬼使神差地定了这么趟逢站必停、逢车必让、气喘吁吁的"老爷车"的票。不过，看书倒是个好地方。

朱光潜先生在一篇文章中讲道：阿尔卑斯山谷有一条大汽车路，两旁景物极美，路上插着一个个标语牌劝告游人说："慢点走，欣赏啊！"许多人在这车如流水马如龙的世界过活，恰如在阿尔卑斯山谷中乘汽车兜风，匆匆忙忙急驰而过，无暇回首流连风景，于是这丰富的华丽世界便成了一个了无生趣的囚牢。这是多么令人惋惜的事啊！

看到此处，我顿时感觉自己品位不俗，只是窗外的风景不是"卑斯山"而是"悲死山"。几十年不遇的旱灾哪有什么极美的风景。

极美的风景伴随着缓缓前行的列车只能闪现在记忆的路上。这些年或许行驶得太快或是超速行驶，无暇顾及那些个“美”了，此时倒是一一回味出来。有时行走在城市的十字路口，身处乌泱乌泱的车水马龙中，耳中却是异常宁静的状态，眼前也仿佛是摄像机调过了焦距般模糊，看不清周围的景态了，真有了色不异空空不异色的感受。我想大多数如我这般留心的人肯定会有如此的感受，或许用不着留心。窗外忽闪忽闪的电线杆，好像一个不达目的不罢休的盘问者：“我们驶向的是色还是空？”

佛说：“色即是空，空即是色。”

“盒饭 20 块，盒饭 20 块……”

列车员铿锵有力的叫卖打断了我的“禅悟”。这才感觉肚子里的“咕咕”声正回应着刚才的叫卖声。我用不着招呼他们过来，因为，这次勉强接受了岳丈大人为我准备的好意——自家盒饭。要知道我平素最嫌麻烦的，这次我又得改变看法了。真是有点不忍心当着上下左右的乘友们打开饭盒，那叫一个香，那叫一个美，我都快成《食神》里那个完全失态的评审大妈了，平静的躯体下掩盖着的就是那么个状态的灵魂。关键，我还带了两听啤酒！“砰！”瓶盖开启的一刹那，我似乎感觉到好多双眼睛就如刚才好多个鼻子一样指向我来。

最闲适的事情，莫过于酒足饭饱，一书、一茶在手。尤其是在这似乎遥遥无期到达的列车上。一切都是那么轻松、宁静、踏实。你大可关掉手机，因为所有的“色”（事儿）都是通过它来干扰你的，你心里明白，不到站，一切徒劳。你尽可能地享受眼前的所有，比如陶醉在书中的境界；或默默注视窗外思索；或与乘友闲聊几句，亦觉清爽。彼此之间无有关乎地位、财富、利害、学识等的壁障，新鲜而又真诚的清谈，很舒服。我又想起了城市邻里老死不相往来的悲哀了。或许是大家都“行驶”得太快，甚至是两列相向而驰的动车，来不及如此这般。还是慢点好，至少可以讲几句温暖彼此的话。

对座的一位黝黑高大的且有两撇绒毛挂在嘴边的带黑框眼镜的不动声色的先生，我还以为与我年纪相仿。他看着我手中的书说道：“你这样的书，打死我也看不进。”我问他：“你多大？”乖乖，这才知道是个90后！我心头陡然涌上一阵惊叹，其中又得意又夹杂着一丝莫名的失落。“小样，你得叫我叔呢。”我这样想。但不一会儿在上厕所的空当我使劲儿对着镜子中的自己，想客观地、郑重地审视一下那是一张青春的，还是一张成熟的、一张不经意熟透的脸。还是慢点好！我开始有点庆幸当初的选择了。

列车上有空调，听着这有规律的缓缓的车轨声，仿佛时间定格了。就像孙悟空喊了一声“定”，这是我最想拥有的状态。在定格的时间中去享受自己的所爱，虽然是很荒唐的想法，但却是幸福的。无拘无束，一会儿看看书，一会儿品品茶，一会儿聊聊天，一会儿赏赏景，一会儿伸伸腰，不一会儿就睡得“喷香”了。

回到北京，我给家人报了个平安。老婆在电话里还余意未尽地调侃我：“下次看你还坐不？”我估计她现在脑海中的我一定是《泰囧》里主人公的囧样了。

我得意地跟她说：“老婆，这是我吃得最香、睡得最舒服、看书最有收获的一次旅程！”对方无语了。

2013.8.13

7 我的太太太……

我的太太太漂亮了，我这样说，她会很高兴的。高中时我就知道她会是我的太太。

那时候她在我眼中完美无瑕。结婚后，我会开玩笑说："老婆，你的皮肤有点黑……"话音没落，我就遭到猛烈的"回击"。"哼，也不照照自己，也不知道谁以前说我怎么怎么漂亮，怎么怎么迷人，怎么怎么……说得要多恶心就多恶心，哼哼哼……"

我一句话没说完，她就会有十句话顶过来。不过我真不记得当初怎么说的了。我只是开玩笑，我说："我只是想说，老婆，你的皮肤有点黑，但我很喜欢。""嗖"一个枕头又向我砸来。

我的太太太温柔了，说话的声音又甜又脆，她的模样也清新可人，别人会羡慕我每天活在温柔乡里。有时她会因为高兴，很乐意将快乐传递给我，只是有时用的是牙齿作为传递的工具，于是我手臂上会出现一个快乐的小牙印，代表我的快乐来自于她的分享，那

“快乐”红红的，往往几天都不会消失。还有一种分享方式，就是用手指在我臂上掐上一小块，很专业，往往我幸福得几乎要跳起来，然后她会坏笑着温柔地在被掐到的地方用手轻轻拍拍，我又一次幸福地跳起来，几乎要叫喊起来，她更高兴了。那个“快乐”绿绿的好几天都消失不了。温柔的老婆生气之后，从此不再理你，美国打冷战也不是她的对手，我只好解体，向她“赔礼认罪”，这是最好的结局。在我的记忆里，她从来没有失败的经历。她胜利了，才肯接受和平的橄榄枝。偶尔她也会道歉，只不过声音的分贝高出平时的好多倍，然后喷出一句火药味十足的：“好啦！我错啦！”屋子都要晃几晃，要到第二天，她才真地又变温柔了。

我的太太太贤惠了。有一天内弟过来，她一个劲儿地给他倒酸奶，弄得内弟好不感动。只是她无意间说：“快，多喝点，不然明天就过期了。”然后大家笑到不行，其实她说的是实话。结婚的时候她曾跟我说："老公，以后我天天给你榨果汁，天天给你……"好多年过去了，我成为了一名高水准的家庭厨师，但仅喝过两回她榨的果汁。我不能计较，因为她有足够的理由证明她的贤惠，而且她不仅不承认说过的话，还会反问你："难道你不觉得这样很幸福吗？"所以，最好不要计较，最好表示认同，然后承认她是多么的贤惠。于是，她就露出了贤惠的笑容，会表现出贤惠的行动。

我的太太太勤快了。她会指挥你把这件或那件家务活干得有条有理。果真，一圈下来，家里变得井井有条，一尘不染。然后她很满意于自己领导有方，从鼻子里哼出一个长音——嗯……

我的太太太聪明了。她掌握了我的财政大权，而且还让我心甘情愿。她有时像如来佛一样对着掌中的我说："我只看你一眼就知道你要什么花招。"是的，我就乖乖地臣服了，完全。其实，我认为最体现她佛法无边的是，她发现了，她认定了我是能娶到真经的人，在我一无是处、一穷二白的时候跟定了我。

我的太太太幸福了。因为，她有我，还有可爱的宝宝。

2013.8.22 凌晨 2 点

扫一扫　精彩沙画视频　马上呈现

我心永恒

8

豆腐乳和蚂蚁啃骨头

我的初中语文老师和高中语文老师都给我留下了深刻的印象，他们都极具个性。

初中语文老师叫龙丕权，我特别喜欢上他的语文课。即使是快20年前的事情了，其上课的情景还时常浮现在我眼前。

龙老师性格有些古怪（在当时看来），他颇有些清高，不怕上级领导，是个“中药罐子”。他讲课不看书本，有时讲的东西远远超越了语文课的范畴。他谈天说地、博古论今，甚至经常在课上越界讲起了艺术、数学、物理和化学来。即使我们的语文考试成绩不及格，他也还是那样教课。有时，我们还笑话他，笑他东拉西扯、显摆知识（不过在他课堂上我们确实大开了眼界），同学们自己分数没考好的时候就怪罪于老师没好好教语文了。

十几年过去了，这位老师给我的印象却是最为深刻的。我爱上他的课，他写得一笔好字，让我羡慕不已。当然，也有教得不跑题的时候，那就是他认为课文中确实碰到了精彩的地方。说到激情处，他会用粉笔极为顿挫有力地在黑板上写上精髓的语句，书法很具章法。如果还未尽兴，他会微闭上眼睛，用左手捋他脖子斜侧豆大黑痣上的几根很长的须，那时，他已经是诗仙太白酒醉的状态了。

他说，好的东西要细细地品味，不要盲目贪多，要体会得有滋有味，就如同吃豆腐乳一样，挑一点点在舌尖，慢慢地揉在嘴里，让滋味徐徐地润开。每说到此，他都是微闭上眼睛，用左手捋脖子上那豆大黑痣上的几根长长的须。哦，学习要像品豆腐乳那样深入，有时我们也情不自禁地摸摸自己的脖子，好像也有颗痣似的！

高中，我在美丽的桃花源里度过了三年的时光。语文老师向良成是中途调过来的。当时我们听说他调来前是教初中的，所以同学们还在留恋前任语文老师的同时，对这位新到的老师颇有不屑。见到这位貌不惊人、个子不高的老师甚至还有同学给他起外号。

可就是这位老师，是我见过的最为勤奋的也是十分有责任心的老师。后来我们知道向老师是通过自学考上的大学（在那个年代是非常不易的事情）。从教初中语文调任到教高中语文，这与他的勤奋是分不开的。他经常跟我们交流学习方法，有些方法我们当时不屑一顾。比如，他说他夏天学习的时候，为防蚊虫叮咬，将两条腿放在大坛子里（那是我们当时的笑柄），还有一句常讲的话——“蚂米子啃骨头”。因为他普通话说得不甚标准，往往话一出就成了同学们私底下互相搞笑的材料。那句话的意思是说，我们对待学习不能只图一时热，要有蚂蚁啃骨头的精神，每天消化一点点，天长日久，日积月累，再硬的知识也会拿下，贵在坚持。可无知的我们只在意其普通话的标准与否，却忽视了这几句话的真正含义。然而，这位勤奋的老师，不怕我们笑话，不介意我们的无知，一再地重复这句话，他深知坚持的力量。果真，这句话时常萦绕在我耳边，刻在我的心里，在以后的奋斗历程中起到了巨大的作用。

现在回忆起来，那时学习的知识多半已还给了老师，可这两个学习方法却在流逝的岁月中屡试不爽，越用越顺手，越用越有效。

时光一晃，恍如自己昨日还是那个懵懂的在憧憬美好未来的可爱青少年。当年很多被老师或同学认为的“未来之星”大多泯然众人了。相对而言，我还算稍有出息者，我不知道倘若我没有遇到这样两位有个性的老师我会怎样。两位老师用特殊的言传身教使我懂得了学习要当兴趣来对待，不能盲目贪多，贵在深入与坚持，成果的获得是诚心所致、是恒心所致。感谢老师！

季羡林老先生写过一篇文章，他说决定人生的发展有三大要素，“勤奋、天才、机遇”。老先生九十多载的智慧是我辈所望尘莫及的，但我斗胆地在三要素前加上一句，那就是“方法”。大多数人以为，“天才、机遇”是上天赐的。我认为只有“天才”才是上天给的，天才有与生俱来讲方法的本领。“机遇”可以通过方法来创造，勤奋必须加上方法才会有效。然而，方法是可以在好的老师那里学来的。

没有天才，人人都可成为天才！

9 午饭

开饭了，又一顿丰盛的午餐！我与岳父、岳母、妻子相继落座。唯有儿子迟迟不肯就席，他依旧贪恋着手头的玩具。大人们再三的呼唤似乎不入他耳，不，是他不在乎，而且是越来越不在乎了。他不时地回道："我还要玩玩具……，我不想吃饭……，我等会儿吃……，你们不要催我！"他的拖拉习惯，特别是在吃饭这个问题上，终于让我意识到已是个不得不解决的问题了。尤其有问题的是，我充分地感到，外公外婆以及他母亲的亲切呼唤让他敏锐地捕捉到还有可以纵容的空间。我不能再拖了，得真的来一回狠的了。

我多次向岳父岳母和妻子提议过，一不要喂他；二饿他一两顿，光说和骂没用。一直没落实的原因是因为他确实还小，才四岁，十分可爱，他们不舍得，我也觉得可能还得等等。越拖越急也是活该。这回，父亲的威严是时候亮相了。

我提高了嗓门命令道："元宝，吃饭！"

他感到了某种异样的味道，先是一怔，向我这边看了两眼，然后又毫不在乎地继续他的事情。

“我数到三，还不过来，今天你就没饭吃了。”我的语气很坚定。

他略有点不自在，也同样严肃地回道：“我不喜欢你这样！”

“一……”我故意把这个音拉得很长，而且这个音中包含了一定的威严。

“我给你最后一次机会。”他怒目圆睁，反将我一军。

“二……”我给他一种没得商量的紧迫感，不仅是音长变短，调门也有所提高。

“你，你还这样，我，我就不喜欢你了，我，我就不跟你玩了，气死我了……”他很是不爽，声音有些急促，乱了点方寸，语言有些错乱，但很好地传递了他此刻对我的不满。似乎还有什么要向我喷发的意思，但没更好的词了。那神态非常可爱。

“二……”我重复这个音，实际有失原则。但此时的调门与响度比上一次有明显的提升，我的表情也更趋“不善”。

他号啕大哭，把对付外公外婆和妈妈的本领使了出来。其实他知道，我是不吃这一套的，无非是想拉点外公外婆和母亲的力量赞助一下自己的声势。而他们，此刻只愿意当观众，都是中立的姿态。他有些失落，纠结与无奈充斥着他的心里，手中紧紧地拽着他心爱的小汽车，十分不情愿地缓缓地走到饭桌前。

当我刚要念出“三”的时候，就在那瞬间，他把握住了最关键的一刻，将手中的汽车狠狠地摔出一丈远。“啪”的一声，车飞到另一端，而他自己已爬上了椅子。形式上达到了对我的妥协，而态度甚是恶劣。他两只大大的眼睛直盯盯地看着你，一副气鼓鼓的样子，好像还没完，而他心中的纠结与不爽此刻已抛给了我。

我有点忍俊不禁，但并没破坏前面营造的气场。这么小的孩子，居然已进化到这样会使兵法了！我还真不能掉以轻心，不可让他洞察到我的秋毫，否则今天的计划将功亏一篑。

母亲的天性开始帮倒忙了，她不由自主地拿来毛巾为他擦拭眼泪。怜爱的目光投射到他眼中的那一刻，他感到他的委屈立马成倍叠加，泪如豆大的珠子随即哗哗地滚将下来，恰到好处地与他母亲的心弦达到共振。

这时，我真的有些动怒了，用命令的口吻对他母亲说道："回来，坐好。"要知道，换平时哪会这样，哪敢这样，今天变天了。他母亲也很知趣，不敢有所抗议。

小元宝并未落座，而是以"奥特曼"的姿态站在椅子上，嘴里叨叨不停，像是向我宣战，他是不甘心、不得已才来到饭桌前的。

我见他还没有坐下的意思，平静地说道："给你五分钟时间，我看着表的，到点没收你的饭。"

他心潮又起一波，加之母亲在旁，自以为他们已是一个战线。听到我这一句，又不依不饶起来。

"你再这样说，我，我就不要你，我就揍你……"他露出凶样，摆了个架势。

他的处境让其他三位为他捏了一把汗，他不自知。他满以为已经向我妥协过一回，该轮到我做让步的时候了。什么时候吃，吃多久应该由他自己掌控。

"还有四分钟。"时间敦促法是我跟他沟通的制胜法宝。我知道，那是让他最不爽的搞法，但很有效。

"我不要爸爸了……"他还存在侥幸心理，只是急坏了一旁的外公外婆和他妈妈。

外婆终于忍不住了："还说什么呢，元宝，赶快吃啦，不然一会没得吃了。"外婆不说则已，一开口便提醒了他。他趁势转移目标，找到了一个让自己可以下台又可发泄心中不满的"出气筒"。他那充满战斗火焰的眼神转向外婆。我知道，此刻他眼中的外婆是大魔兽，或者就是我。

"我也不喜欢你了，我要把你扔掉！"他吹响了战斗的号角。

"你怎么跟外婆说话？平时外婆对你那么好，还老给你喂饭呢。"我说给他俩听的。

"不喂就不喂，哼，如果你们还不听话，我就，我就……"

"宝宝，快吃吧。"外公也急了，有一种央求的口吻。母亲在一旁则用无奈的眼神望着他。她平时老怪我不关心孩子，我一关心了，她又有些不忍，现在似乎有些后悔了！

"还有两分钟。"我面无表情，声如截铁。

他没有哪怕是象征性地吃上一口，他坚信胜利一定属于他，那是他以往的经验，奥特曼也基本是在最后才把大怪兽打败的。

"从今天起，谁都不许喂他，他不吃就不吃。吃饭是他自己的事。我再看到有喂饭给他的，立刻没收，倒掉。还有，到点吃饭，拖拖拉拉的也没他饭吃！"我发出最后通牒。"还有一分钟！"我又补充道。

他已忍无可忍，在他看来我今天断掉了所有的他自认为理所应当的待遇。他跳下椅子，慌张地在寻觅着什么，终于找到了一根玩具高尔夫球杆来。他用他的武器指着我，也对我发出最后的通牒，是怒吼，是奥特曼发力时的咒语。口水仗马上要升级到"交火"的地步了。

我冷冷地说道："时间到。"头也不回地将食物从他眼前拿走。

他稍愣了一下，然后使出吃奶的力气向我英勇地袭来。我躲闪不及，脑袋被狠狠地敲了一下。还真有点疼，我心里又气又好笑，在不知不觉中，他已具有在“太岁爷”头上动土的胆量与能量了。他还想继续，我一把抓住球杆，想拽走那杆。哪想他抓得紧紧的，像粘在他手上一般。我怕把他拽倒，即刻换种方式应对。学他刚才，也去找点什么，对，找个回击的“武器”。今天我一定要好好教训教训他，让他知道什么是爸爸的厉害！

很是懊恼，居然寻觅不得。以往说了好多遍家里要备个家法之类的，一直没实施，没想到落得此刻的尴尬。唯有增强自己在言语上的声势方可化解：“反了你！”话未落音，我急快地回到他旁边，趁其不备抽走了他手上的球杆，全然没有顾及他的表情。但瞬间感受到其他三位都有警觉，他们虽没站队，但做好了解救那臭小子的准备。那都是徒劳的，我意已决！他和他们都预感到“大难临头”了。

他们突然静止了，时间在那一刻仿佛被孙悟空施了定身法。其他三位的形象已然模糊暗淡，猛然间我看到他从未有过的神情——恐惧、悲伤、悔意掺杂在一起。对，只有两只大眼睛忽闪忽闪，他已变回了小绵羊。

我的目的已达到，蹲下来紧紧地给了他一个拥抱。

“好了，我们讲和，爸爸一会儿带你去个地方。但是，午饭今天没得吃了。”

“真的吗？”他将信将疑，且带着一副勉强的善意。

我的这一招绝对是出乎他意料的，也出乎他们的意料。他已很温顺了，有意要缓和前面所发生的一切，暧昧地说道：“爸爸，去哪儿啊？”

“一会儿你就知道了。”

我开车带他来到吴庄，那是我十多年前住过的地方，我以为那里还是老样子，实际物非人非，全是高楼了，我有些怅然。还好，我知道还有个地方，猛踩一脚油门直奔八宝山旧货市场。我的记忆里，那个地方也是个杂、乱、脏的所在，十分闹腾。那里聚集了五湖四海的农村妇女和儿童，有很多超生的黑户。妇女们往往手抱一个，旁边跟一个，床板上睡一个，有的肚子里还装着一个。即使这样，并不影响他们做二手货的生意，而且安全，相关部门拿他们没办法。我曾问过她们，干吗跑到北京来，多辛苦啊，她们的回答是回去没法活。

烈日当空，我俩站在一大片废墟上，地上堆放着各类塑料袋、木条、饭盒之类的历史遗物。我在想，把她们都赶回去了，她们真的能活吗？但我又想，中国太大，有的是地方去，他们的生存力很强的，比那些落马的大官都要强。但是在北京，他们眼前活不下去了。我一脸茫然，我的处境能比他们好多少？

望着渐渐袭来的雾霾，我又想到，这雾霾赶出北京城，别的地方咋办？

还好，远处两排树荫下有个杂货摊，保留了些许生气。我捕捉到了一线希望，带着略显无聊的儿子走了过去。

“爸爸，这是什么地方啊？怎么那么脏啊，好多垃圾，好臭呀！”

“你愿意住这吗？”

“不愿意。”

“我告诉你，元宝，爸爸以前就住这里，没有床，睡在大板子上，睡了两年……”

两条黑狗游走寻觅在其间，我赶紧带他走开。

“你看这里还没有电灯，晚上谁知道有没有大魔兽啊。”我故意找他比较敏感的话茬。

我发现正好有一个小朋友在吃饭，颇有些激动。那小孩没有人

照料，年纪与他仿佛。破烂的桌板上摊开着几个塑料袋，袋里残剩些凉皮面筋之类的食物，浑浊的汤水中漂浮着变色的黄瓜条与凝固成块的油脂。我看了有些反胃，那小孩手持半截饼吃得津津有味。

小元宝似乎看着也有些不太适应：“他怎么坐的地方都没有啊！”他词穷，心里活动远比嘴上说的要丰富。

我知道那的确是小孩的美餐，至少他还有得吃。

我凑到儿子耳边说道："元宝，我们现在多幸福，有房子住，上幼儿园还有车送，天天有好吃的。你看这个小朋友，谁管他吃饭了？他没有住的也没有沙发坐，但吃得多认真。因为他不好好吃，也许下一顿都没得吃。看看你，让你吃个饭还一堆人求着你，你自己说对不对。"

"不对。"他好像若有所思。

"我们今天有好日子，是因为爸爸在不断努力地工作。只有努力工作才能挣钱，有钱了才能供你上幼儿园，给你买玩具，才有吃的和穿的。你知道的，爸爸还要管好多人。外公外婆身体不好，吃药也是要钱的；爷爷奶奶年纪大了，爸爸也要养他们；爸爸公司的叔叔阿姨都指望着爸爸。爸爸哪有时间管你吃个饭的事啊。"

"爸爸我错了。"他上扬着眉头看着我，向我投来理解与同情的目光。

"以后，自己的事自己做。该吃饭赶紧吃，你不吃，到点就没得吃了，知道了吗？"

"嗯，我知道了。"

"我相信你，耶！"我俩轻松地击了一下掌。

晚饭，元宝吃得很认真。吃了很多，吃得很开心，大家更开心。

"以后别这样啊，饭前他翻箱倒柜找吃的，作孽，毕竟还小。"孩子的外公对我说道。

我笑了笑。

"爸爸，我爱你！"小油嘴不经意流出这么一句，像是对外公的回复。

"爸爸午饭都没让你吃，你还爱啊？"

"爱！"

"我也爱你，元宝！"我摸了摸他的小脑袋。

10

一位朋友

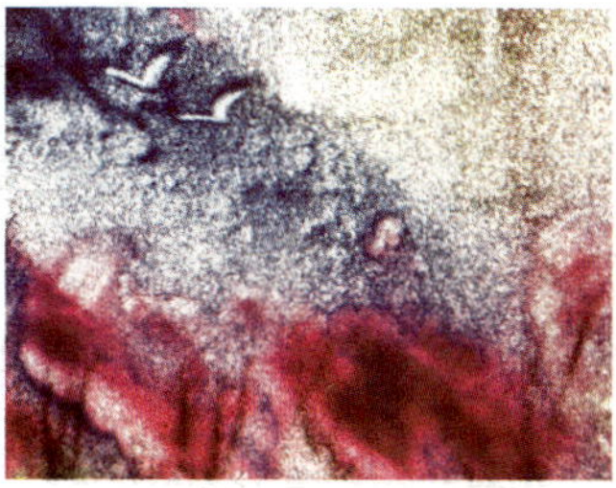

一位有好几年没见面的朋友打来电话，用非常熟悉的嗓音说道：“大宝，好久没见面了，过来聚聚？”我欣然前往。

我以为，这个聚会一定是个名流、高层的盛会，有幸得老朋友的关照，能将我捎带进去开开眼界，顺便结识些朋友而已。出人意料，这次我却成了被邀请的主角。

我坐下来，问道：“宋主席，有什么事找我吧？”他笑了笑：“没事，就是好久没见面，聚聚。”

与宋主席交流是非常愉快的事情，我没有感到丝毫的拘束与不安。不是因为太熟，而是他实在是没有一点架子，十分和蔼。

宋主席，何许人也？他是大名鼎鼎的三元集团的大领导、北京市政协委员。与他相识已有些年头，只是近几年来未曾联络，不想他会主动打电话约我吃饭。按理他是大忙人，无事请我吃饭让我有些摸不着头脑了，可吃到最后，确实没什么事情，就是叙叙旧。这让我有些受宠若惊了，心里有种说不出的温暖。

初识宋主席大概在 2004 年间。一次演出结束后，有位年轻的朋友找到我，说有一位观众想留我一个电话。于是他带着我去见这位瘦瘦的、慈祥的、说话有些慢条斯理的长者。我给他写了个纸条，留下了自己的电话，象征性地表示感谢之后就将此事抛在脑后全然不记得了，那时大概八九月份吧。

那一年，春节临近，我们将回家的包裹已打点装车，正准备发车回湖南老家过年，突然接到一个电话，将曾经留电话的事情叙述了一遍。我已没什么印象，加上那一刻归心似箭，已不打算再演。但是，他非常想邀请我参加他们的晚会，执着而又热情。我无法推托，说道："是这样的先生，我都准备发车了，回老家过年，您要早

点给我打电话，我还好安排时间对吧？”

“没关系的，晚一天回去吧，来得及，我们就在香山附近，很近的，帮帮忙，演出费的话你说个数。”

我咬咬牙，目的只在让他打消念头：“一千。”那时演出费最高不过500，算是我头一次“黑心”的报价吧。主要听他那样一说，口气还挺大的。

“行，你过来吧。”

我当时顿生悔意，一是为什么不报得再高点，二来也不好推托了。我忽然不经头脑的说了句：“我叔叔、阿姨都在车上，不方便。”

他立刻回道：“没事，都过来。”

“还有我老婆……”我已经语无伦次了。

“全过来。”

我再也无法推辞了，只好晚一天回了，不过挣点钱总是让人高兴的事。只是我这“叔叔、阿姨”上哪儿找？最后我将房东两口子带上，因为他俩早就想看一场我的演出了。

我一边开车一边想：“这是个什么人，什么时候留的电话呢？”

按照他的路线，我们来到一个气派的会馆酒店。接待人指引我们到会场，向我介绍了一些情况，我这才知道他是“宋主席”。那时他还在开会，就坐在会场主席台上，我忽然想到在电话里我的语调欠妥，有些后悔起来。

开完会，宋主席找到我说：“大宝，你好，你好，这次是我们公司的年会，希望你来助助兴，耽误你时间了。”

我带着“大部队”而来，感到有些不好意思，也不知该说些什么，只是反复说道：“没有，没有，谢谢您的信任。”他立刻叫人把我带来的“家属”安置在宴席中。他十分和蔼，说话特有磁性，没有任何架子。能结识这类人物我心里无比激动，暗自庆幸没有错过机缘。

这台年会穿插着他们员工自编自演的节目，而我是唯一被邀请的嘉宾。我连魔术带口技地演了约半小时，掌声雷动，相比员工的表演，我的节目当然要精彩得多，宋主席十分满意。

临别时，他又安排人给我赠送了两箱三元牛奶，让我都有些过意不去了。想想若不是他的执着，我哪得这样的美差，尤其是认识了这么个人物（那时，他是我认识的第一位有一定身份地位的人了）。

从那以后，便再无联络。

过了三年后，我成立了一家演出公司，初生牛犊不怕虎，搞得热火朝天。办执照、租写字楼、买办公家具等等，全部工作就位，屁股一落座才慌了起来，业务！业务从哪来？

真是好笑，以为挂个牌子就做生意了。我与爱人面面相觑了几天后便再也按捺不住了，要知道写字楼的租金是笔不小的开销。

最终我们做了个决定，将所有的名片找出来，一一发布一则“广告”，只把名字换一换，内容是：“XXX，您好，我是大宝（魔术、口技演员），现在成立一家公司，主营各类演出……请多关照，谢谢！”有些比较重要的名片发不发？我比较犹豫，会不会太冒失了。可是，形势所迫也就顾不得了。群发完短信，心里的石头算是落了下来。

一通信息发送出去，没有任何反应，心里倍感失落。到了第二天，我接到一个信息：“大宝，明天你上我们公司来一趟——宋春来。”看到这条消息我激动得要跳起来。

第二天，我起得特早，在镜前捯饬了好久才出发。来到北三环三元的总部，再次见到那张熟悉、和蔼的面孔，就像昨天才散一样。

那是我公司成立之初接下的第一笔“大”业务，我签订了10场慰问演出的合约。总策划、演员、节目的调配安排全由我担当，每场演出在一个半小时。工会特意安排了一辆大巴作为演员的专车，并每次派一位副主席或主任陪同。

可以说，我将那次任务完成得非常出色，后来又加签了两场。虽然这十二场演出的利润并不高，但为了不辜负宋主席的信任，即使赔本我也要将任务完成好。对于一个创业初期的人来说，机会比金钱重要得多。

从那以后，我的公司逐步步入正轨。再后来专营沙画，再后来因为沙画为自己博得些名利。但我始终没有忘记当初宋主席的提携与关照。在我不名一文的时候唯有他给了我实质的鼓励与支持。

从那以后，我与宋主席便很少见面了，其间偶有信息互动。在他儿子的婚礼上我还特意现场表演沙画以表祝贺，再后来相见又是四五年后了。

他打来电话，专门邀我，就因为好久没见面了。这似老朋友的相聚，让我非常地感动。

席间他跟我讲他最佩服的两个人。一个是他的老朋友，香港的一位身价几十亿的企业家。说他早年创业时绑几十个充气避孕套游到香港去的，是从最底层摸爬滚打起来的。第二个人是我。听到此，我惶恐得不知所措，更不知如何应对他的话了。

感谢宋主席的鼓励，您太高看我了，或许我一辈子也达不到那位“前辈”的财富与成就，但我一定会争取做一个有价值的人！

在 2012 年 CCTV2 的春晚上，我有幸与主持人王小丫、欧阳夏丹合作了一个节目叫《生命的列车》，那是一首让人感怀的诗歌，以此献给我尊敬的朋友们。

人生，就是一次旅行
当我们踏上生命的列车
就有人把我们深情相拥
我们以为最先见到的这两个人——我们的父母
会在人生的旅途中永远陪伴着我们
我们以为我们会一直陪伴他们一路看风景
很遗憾，事实并非如此
他们的爱
他们的情
他们无可替代的陪伴
再也无从找寻

尽管如此，我们还要继续远行
这一路上还会有其他的人上车
有的可能擦肩而过
有的却成了我们的兄弟姐妹、挚友、亲朋
你会碰到想从此与他牵手的爱人
你会拥有笑得像花儿一样的宝贝

这趟生命的列车上啊
很多人下车后
我们对他们的记忆历久弥新

只要想起，就是无尽的思念与感动
生命之谜就是这样
我们自己会在什么地方下车
我们的父母，伴侣，亲朋会在什么地方下车
我们无从知晓……
当有人下车时
我们会感到悲伤
但我仍执着地希望
在那个即将到达的终点站
我们还会相聚

因此，尽量使自己的旅途愉快一些吧
善待旅途上所遇见的每一位旅伴
发现他们身上的闪光点
平淡也好，平凡也好
有了相伴
生命的列车上就会充满笑声
让我们向您道一声
祝您的人生旅途：快乐永恒！

2013.11.29

11

吾师陈联合

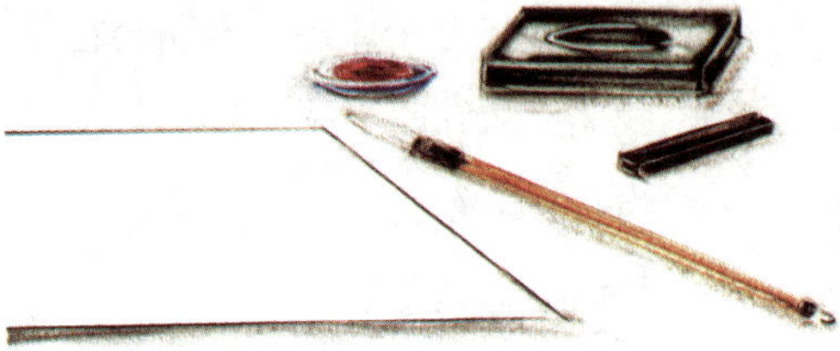

与陈联合先生相识在一次朋友的聚会上。

那次有幸受到主人公刘鸿雁教授的邀约，到后才知来者不少，都是有头有脸的人物。陈先生便在其中，他是著名书法家，军中高级干部。象征性的交际一番后，我就自觉靠边站了，从资历或是年龄来讲，我都显得格格不入，只觉得浑身很不自在。

酒过三巡，大家兴致未减。主人将众位带至书房，原来其他人等也都是能附风雅的人士。陈先生性情豪爽，在酒的催化下更是豁然，欣然为在场的来宾慷慨挥毫。对于一位有名望的书法家来说，如此大度是非常难得的。而他却完全陶醉在笔走墨舞间，那天少说也得写了十几幅。大家三两个一组，或啧啧称赞，或窃窃私语，或会心相视，惊喜之情溢于言表。

我知趣地坐在一角，不好意思与人探讨艺术，也没敢奢望能获得一幅墨宝。

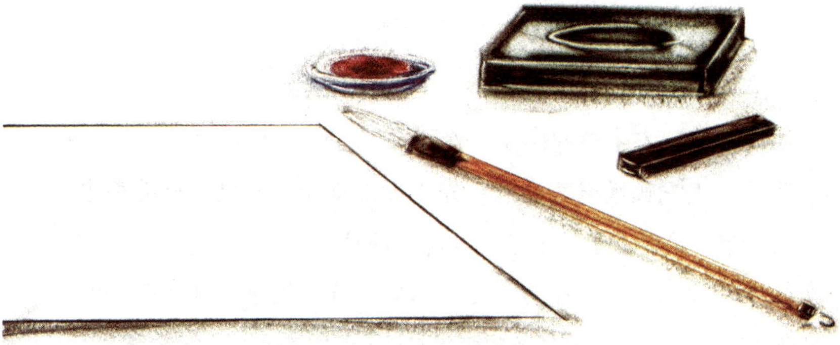

没想到先生走到我面前说道："大宝，你年轻有为，你做的沙画很好，我写幅字送给您！"这未料的惊喜让我一时不知所措，我除了满口谢谢之外已说不出其他来。没想到先生居然考虑到了我这个年轻人的感受，一股暖流顿时涌上心来。

先生在思考酝酿的同时，饱蘸笔墨，挥毫落云烟。大笔一挥，不一会儿，一副对联"沙里乾坤大，画中妙趣多"便跃然纸上。这幅书作让我感受到先生的诗情妙笔和仁爱之心，我十分感动也十分激动，谢谢先生的鼓励与鞭策。

第二次与先生见面，是因湖南卫视的《艺术玩家》栏目给我做一期节目。节目组为此请到了中央美院实验艺术系的主任吕胜中教授做嘉宾，但还差一位。节目组希望我也能提供一些嘉宾的人选，我第一时间便想到了陈先生。

节目组非常满意，让我联系先生。其实我心里在打鼓，不知他能否过来。一是与先生只有一面之缘，二是在节目中只是做做嘉宾，等于给我捧捧场。我拨通他的电话，说明事情的缘由后，先生竟欣然答应了。

那期节目，先生整整陪了一个下午。录制完毕已到了饭点，我盛意邀请先生吃顿饭以表谢意。先生无法推托，但执意只进路边一家普通餐馆，最后点了几碗粥和几碟小凉菜。

先生豁达、正直、朴实，文雅不失大气，仁厚又具威严。他不仅是军旅书法大家，在诗词文赋上的造诣也很深厚。每次拜访他，他都拿出自己最近的得意之作与我分享。这让我在眼界与修养上得到了提高，也使我有了拜先生为师的想法。能拜名师是我的梦想，我自小对书法情有独钟，靠自己摸索也有些年头，但苦于无师指点，到一定程度便陷入停滞不前的境地，与先生的结缘岂不是天意？

终于，我梦想成真，有幸侧身于先生门下，从此就有更多机会向先生请教了。先生注重文墨双修，赵朴初先生为其题写书斋名：积厚阁。他自撰“积学崇真弘道义，厚诚向善赋春秋”。这正是他为人为艺的理念追求和状态写照。先生身兼多职，虽公务繁忙但对艺术的执着与勤奋却是我无法望其项背的。无论书法作品还是诗词作品，他都倾注了大量的心血，丰富而又有品质。我现在处于创业初期，无法用大量时间来练习书法，很无奈，只有挤时间暖暖笔杆图个心理安慰，真是愧对先生！

不过，经先生点拨顿感有四两拨千斤的功效，相对那时的苦练瞎练已不可同日而语。先生不仅倾心为我提点、示范，每有难得的学习机会也会带上我，比如上清华听讲座，听欧阳中石先生讲座，听其他大家讲座等等。为此，我还结识了大批艺术界的前辈与精英。此种恩情我没齿难忘！

在学习上先生给了我巨大的鼓励与支持。在生活中，先生也给了我不少关键性的帮助。2012 年，我爱人怀孕，正值龙年，赶到扎堆生育的时候，北京所有医院的妇产科都爆满。我陪爱人去海淀区妇幼保健院检查，有如赶春运一般，偌大北京城生个孩子居然没法找到床位。看到爱人的肚子一天天大起来，我忧心忡忡。没想到先生主动提到此事，问我选好医院没，我支支吾吾，还没开口，他便说道："你去海军，还是三〇七？我给你想办法。"听完我的眼里泛出了泪花。我只是一个北漂而已，在他乡能得到如同父母般的关怀是多么幸运与多么幸福的事情啊。

2012 年秋天，我们的宝宝顺利诞生在海军总医院。抱着这奇迹般的生命，我激动得掉下眼泪，我很快给先生报了喜讯。没有先生的帮助，怎会如此顺利？

青年游学始离乡
后径前途两浩茫
知遇尊师虹贯日
风霜雨雪复坚强

我当尽己所能，以优异的成绩来报答恩师！

2013.11.29

12

家乡牯牛山

湘北桃源县，
有座牯牛山。
牯牛山上祥光闪，
黄金资源令人羡。
我家就在牯牛山，
魂牵梦绕常相见。

家乡牯牛山，
路险不止十八弯。
君若头回来，
定会吓出汗。

国道 319，
杨溪桥出口。
桥东向南行，
稻田河流两边分。
顺行约三里，
始往山里进。

请注意——上山！

山下上山，
山前有山，
山上有山，
山外还有山，
向左盼，

向右盼，
向上攀，
向上盘，
盘来盘去、盘去盘来、盘了个大花眼，
晕头转向、耳压增强、胸口发闷，
这才上山肩。

嚯！
这大山，
绿衣穿，
杉树楠竹一片片，
樱花桃花和杜鹃。
路似长龙盘其间，
云雾缭绕冲上天。
啊！这群山……
不知如何去赞叹，
那个美！
那个翠！
看不尽，
看不完。

看不完，
看不完，
还未尽兴往下转。
“过山车”，
猛然一泄冲向前。

一环一环扣一环，
环环都在险中间！

请注意——下山！

山上下山，
山后有山，
山下有山，
山内还是山。
向左看，
向右看，
向下窜，
向下转，
转来转去、转去转来、转出个大回环。
无边无际、没完没了、深吁长叹，
终于转“上岸”。

初次来，
就这般。
身虽到，
心未安。
神难定，
腿脚软。
就这般？
不一般！
定定神，
揉揉眼。
细细品，
慢慢看。

来到牯牛山，
春色满人间，
若想活到一百岁，
这里可首选。
花儿美，
果儿甜，
鸟虫欢，
空气鲜，
山珍多，
泉水甘，
有歌声，
有笑颜。
活在其中可延年，
活在其中赛神仙！

牯牛山，
洞子多，

那是开矿留下的。
以前采金热腾腾，
如今似乎冷清清，
可知难耐酷暑时，
牌友洞口乐盈盈，
冬暖夏凉又宁静，
偶尔伴有鸡狗鸣。
酒吧茶舍比不了，
超越时空无处寻！

想当年，
路未修，
人却多，
全都是，
采矿人，
四方朋友聚集在——偏僻的小山村。

小山村，
热闹堪比小县城。
街上人流接踵行，
家家户户炼黄金，
儿童书声爽朗朗，
机车载矿轰隆隆，
谁不有激情！

黄金多，
黄金贵，
金光闪闪让人醉，
其中凝聚血和泪！
骨肉手足与夫妻，
关系有时也变味。
酸甜苦辣得与失，
个中滋味自己知。
……

光阴如梭似一瞬，
往事随风化作影。
到如今，
三十年。
河东河西换新天，
私挖滥采已不见，
青山重新绽笑颜，
欢声笑语绕山间。

水泥路，
已修筑；
保护区，
有建树；

野生茶，
走丝路。
兴旅游，
绘蓝图；
聚智慧，
不怕苦。
靠自己，
靠政府。
树功业，
擂战鼓。
快马再加鞭，
功业流千古！

三十年，
在心中，
在脑海，
在眼前，
家乡故事一串串，
讲到天亮讲不完，
讲不完……

2013.8.22

13

写给母校的信

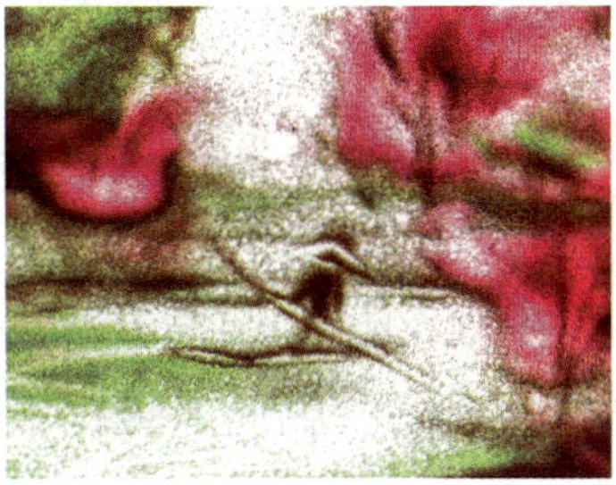

桃源二中（现更名为桃花源一中），我的母校。她坐落在风景怡人的湖南桃花源，正是陶渊明《桃花源记》里的桃花源。那里每年3月份举办“桃花节”，桃花节开幕时会邀请到很多明星大腕来助阵。我在那里度过了高中三年，每逢桃花节我都会有幸目睹到各类名人、艺术家的精彩表演。

2012年2月份，我接到母校的电话，说今年的桃花节开幕晚会将在学校的体育场上举行，希望我能回母校为晚会助兴，为学校争光。同时也希望我和学弟学妹们分享分享“成功的心得”。

我婉言谢绝校领导的盛情邀请。一则有约在身，时间冲突；二则学校对我尊捧有过，确实不敢以“成功人士”或“楷模”的身份回校，我知道我还远远不够。

其实，这也不是第一次受到学校或老师的邀请了。不去，心里又似压了块石头，难以释然。因此我特意为母校写了一封公开信，并用毛笔抄录，以表我对此事的郑重，算是以解内心的情结。

希望有一天，我有勇气或是名副其实的时候面对面地和大家分享成功的心得吧。

尊敬的各位老师，亲爱的同学们：

你们好！

桃花节将至，已是春天里最美好的日子了。我多么怀念那充满激情、幸福的高中年代啊，那是我人生中最美妙的时光！我羡慕你们，愿你们每一位都能珍惜或许你们现在还不以为然的幸福。苦闷、伤心、迷茫的瞬间是你们将来最为甜美的记忆。那些或许被你们取过外号、经常被讽刺、被谩骂、甚至让你们痛恨的老师，也许是你人生中最值得怀念与感恩的人。怀着感恩、平和、轻松、积极的心态享受高中学习的旅程吧，那将是收获友谊的黄金时代，能谱写出你人生中最美好、最纯真的乐章！

学校给我戴上“光环”，并将我树立成大家的“榜样”，还将我与几位卓有成就的前辈校友同放一栏展在校网。实在是愧不敢当！我只是一名执着于自己梦想的，仍迷茫、期望、拼搏在路上的，痛并快乐着的80后创业者。我没有时间、没有精力、更没有资格来享受荣光与赞誉。几次接到校领导的邀约，望我能在桃花节或方便的时间回母校一趟，与大家分享“成功的经验”。我知道这是对我的肯定，是我的荣幸，可却又让我感到忐忑与汗颜。我曾多次问过自己，我是成功者吗？

我只是一粒痴迷于玩一把沙子的“沙子”而已，不足挂齿，并非什么成功人士，更谈不上有多少成功的经验。我只感受到从一开始到现在，是在一次次的失败、挫折中度过。当然，我精神还是可嘉的，屡败屡战，失败一次，免疫力就增强一次，还学会了自己医治自己的“创伤”，好得差不多后再重整旗鼓，继续前行。跟跟跄跄，这一路上也获得些成绩和教训，但我肯定的是，没有一份成绩和收获是来自于上天的赏赐，没有一份成绩和收获不是靠自己的用心、专注、真诚、付出与坚持所获得的。

我在想，如果我真的和你们在一起，我最想跟你们说的是什么？从毕业离校到如今，十多年了，十年间也应该有点心得、有点故事了。当然，十年的故事一时半会儿是讲不完的。我就

和大家分享分享这十年间我总结的能让自己更平和、更愉快、更有效率、更淡定、更坦然的方法吧。肯定也是不成熟的，唯愿能有一点借鉴的作用吧。

第一点，我要说的是，做人一定要“真诚”，对自己、对他人都要真诚。所谓知人者智、自知者明。一个对自己都不真诚的人，也很难做到对别人真诚，就更难得到别人的真诚相待。对自己真诚，就是要清晰、深刻地认识到自身的不足与自身的特长；虚心接受他人对自己的评价、提醒与意见。要知道，自以为是，放纵、懈怠自己总是一件容易的事，那样是很难精进的。我们处事当求“扬长避短”，但“避短”并非是要隐藏缺点，而是要知道、发现、正视自己的短处，并努力改正，能使短处还变为长处更是了不起的。学校对我的评语中说我在学习期间“品学兼优”，这是对我的过誉。我自己评价自己，当时的“品”算合格，“学”充其量算个中等偏上而已。我很清楚自己的特长与爱好，当然也很自然就坚持了下来。人的精力是有限的，我并非天才，要兼顾学习成绩，做到完美是不现实的。做到“品学兼优”对我来说很困难。不过我告诉大家，我尽力了。通过自己的经历我认识到，在不放弃学业的同时还必须要知道自己的潜质与爱好，也算是对自己的真诚吧。有时候，看清自己的往往是别人，身在庐山中，全面认清自身是有局限的。那么做一个善于倾听的人吧，那样也是对自己的真诚。

做到了对自己真诚，也就能做到对他人的真诚。凡事站在别人的角度、别人的需求上思考问题，己所不欲勿施于人，己所欲也得酌情施于人。人与人之间如同照镜子，你对“镜子”笑，镜中人也对你笑。待人真诚终究是会有好结果的，虽然在这方面我上过当、吃过亏，但总的来说还是福比祸大。大浪淘沙，淘走的是沙，留下的是金子。真诚的人才会有朋友，有朋友才会增长见识，增长了见识才会交到更多的朋友，有更多的朋友才会增长更多的见识。当你发现身边的朋友素质越来越高时，说明你已经在不知不觉中上升了台阶。但你不要指望朋友能帮你解决所有的问题，因为只有自己才是解决问题的关键。不要有依赖思想，要自立、自强、谦卑、虚怀、奉献，做到了这些，就是做到了对他人的真诚。只有这样才能交到真正的朋友。朋友是你学习的榜样，是你奋斗的标杆。那么，从现在开始，善待、珍惜你身边的每一位朋友吧！真诚待人，你会少很多烦恼；在人生的路上多一些机会；即使在痛苦到来时也会多一份坦然与平静；会减少很多无谓的争执，从而争取到更多快乐的、有意义的、学习的时间。

高中时我当过两年班长，能当班长不是我成绩有多优异，而是我人缘好啊！那时候，成绩不优异的人能当班长是不多的，在这里我感谢班主任向良成老师，感谢当年的同班同学，感谢你们当时的信任和包容，给了我一个难得的学习和锻炼的机会。

第二点，做人要坚持。做一个真诚的人是需要坚持的。人无完人，同学、朋友、包括老师，也有不到位、犯错的时候，我们要多一份理解，不要人云亦云，更不要效仿。千万不要因为别人的问题影响到自己。我说的是，要坚持真理与正道。

这里我还要着重地说说“对学习的坚持”。学习，是一辈子的事情，要有坚韧不拔的精神，不求快，但求稳，积跬步至千里，每天进步一点点才是科学合理的。

我观察周围的人，无论是成功人士还是普通百姓，从智商上来讲差距并不太大，那么决定他们人生境遇的是什么呢？我的答案是——素质。素质分很多方面，但总的来说素质都是在学习中得到提升的。人的学习耐力、学习能力不一样便造就了不同的人生状态。当然，也不能忽视机遇的作用，但机遇也只垂青那些一直在坚持、在学习的人。有的人一生中掌握很多本领，而有的人一生一事无成。差距的产生在于有的人没有找到有效的学习方法，从而使学习能力打了折扣。学习方法是需要思考、感悟、总结得来的，更有效的途径是可以在优秀的朋友或老师那儿学来。如果说有了学习的方法和学习的能力却还是不尽人意的话，那就只能是学习的耐力不够了，所以“坚持”就显得尤为重要了。

只有坚持学习才能一直进步；只有坚持学习才能变得越来越真诚；只有坚持学习才能真正感悟到学习的方法；只有坚持学习才能让自己变得更为坚持；也只有坚持学习才能有希望改变自己的人生。

最好的方法往往是最笨的方法。那时，我们老笑话向良成老师用不太标准的普通话来形容学习的方法叫：“蚂米子啃骨头。”其实说的就是贵在坚持。坚持、坚持、再坚持，你会有意料的或许还有意外的收获。再次向言传身教的老师们致歉、致敬！

那么我们应该坚持学习什么呢？我冒昧地提提我的看法。当然，首先是课本上该学的内容，那毕竟是基础的东西。但学习这些知识绝不是以高考或应试为唯一目的。要知道，学习能打开眼界，发现自身的不足；提升境界，锻炼和增强各方面的能力和素质。学习书本知识在于学会“会学”。那将增强你办事的效率、感知和提升总结方法和规律的能力。会学才会学会，学会的一定也是会学的，依此道，高考当然不在话下（当然要坚持那样做）。我不是找理由让大家忽视高考的重要性，可是高考也确实不重要，即便考上清华、北大也才是刚刚开始。当你踏入社会的那一刻起一切归零。

其次，就是读生活这本书。不要认为只考个好的分数就完成了学习的任务，身边的每一件事都值得你去认真对待与分析，感受与解决生活中的问题能提升自己在课本中无法学到的鲜活的能力。不要对生活麻木不仁，不要对他人麻木不仁，不要对自己麻木不仁。一个麻木不仁的人定会缺少对生活的洞察力，是不会客观认清自身的优势与短处的，更交不到真正的、优秀的朋友，哪里还有进步的希望呢？即便文化成绩皆是满分也无济于事。要以做一个真正的“品学兼优”的人为目标。在“生活”这本书中你慢慢会感觉到在妥协中可以前行；在放弃中才会有所收获；虚怀才能充实；你会知道医治自己的“创伤”，在委屈中学会平衡；你会明白只有谦卑才能去完善自我。

总之，只有用你总结的最有效的方法和规律再去读社会这本书、人生这本书时，才会更有效率地积累到各种生存和生活的知识，最终达到无悔于此生的终极目标。学无止境，贵在坚持！

第三点，做人要乐观。你的真诚和坚持也许未必有结果，也许未必有好的回报。真诚待人也会碰到不屑、羞辱和利用；坚持九次、九十次甚至更长也未必会看到希望。这有点像是命运的安排或者说老天爷给你开玩笑。但碰到徒劳无功的时候，或者失败的时候，我愿意相信那是我还不够真诚，不够坚持，是老天爷对我的再一次的试探，我一定会成功的，就在下一次，坚持！积极阳光的心态，照亮你前行的路程，但求付出，不问前程，你会有一天豁然开朗！

做一个真诚的人，一个坚持的人，一个乐观的人，这算是我与大家分享的精华吧。我送大家一首小诗——《阳光》。

阳光就是真诚

阳光就是坚持

阳光就是乐观

真诚的坚持

坚持的真诚

乐观地面对人生的航程

人生的航程会充满阳光

最后，我再分享一段《道德经》里的句子给大家："企者不立，跨者不行，自见者不明，自视者不彰，自伐者无功，自矜者不长。"意思是讲，不重根基、好高骛远的人站不了多久也看不了多远；不坚持、不筹划、急于求成的人行不了多远；只从自我出发的人不是真正聪明的人；自我彰显的人是不明智的；有成绩老炫耀、自我膨胀是没有善果的；骄傲自满的人做不了表率，干不了大事，也不会有真正的成就。我想，为人之道、为学之道都在于此。

课余，大家可以多翻翻经典、传统的书籍，享受它们。知之不如好之，好之不如乐之。增长智慧会让自己视野更开阔、胸怀更宽广、能量更强大、心态更乐观。

感谢每一位老师，祝你们身体安康，幸福美满。感谢滋养、培育过我的桃源二中，你永远是那样美丽灿烂！

此致

敬礼！

2012.3.8

感谢篇

Gan Xie Pian

14

生命的奇迹

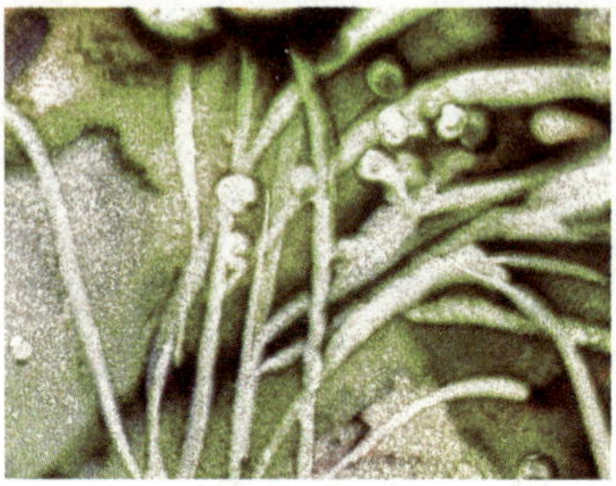

有一天，我在经常路过的一个地方，不经意间低头，发现了一个奇迹。

在一个不经意、也不会在意便会踩到的下水道井架上，一株小苗儿从井底钻过缝隙爬出了地面，而且正向世人展示着它的辉煌，叶子中间那一朵盛开的小黄花便是它骄傲的“勋章”。

我们难以想象它苦难的历程，却不得不钦佩它的勇气。它是一株顽强的生命，纵然由于命运的安排，让它不幸遗落在阴暗的下水道中。我们不必去探寻或惊叹它的身世和它被遗落的经历，在于它，倒也完全习惯了被这个世界所忽略。

但它终究是一颗不甘无用的种子，不因希望的渺茫而腐朽。它冒了出来，向世人讲述着一个无声的故事。恰巧，我成为了它的“聆听者”。

我俯下身来，透过井架朝里看去，居然有一个微型的“世外桃源”隐没在此，被零星洒进的阳光点缀得斑斓多姿。我折服了，那

是一颗种子创造的属于自己的生态：有鲜花，有绿叶，还有“隐居”在其间的幸福的虫儿。

忽然，我也变成了那“桃源”中的一只幸福的虫儿，融进了那一片祥和中。仰望天空，天空有好多条长方形的太阳，那便是好多条希望；在清新的夜晚，分块的“天花板”镶嵌着闪烁的“宝石灯”，令人神往；细雨绵绵时，那里是温润的雨林，可以聆听雨滴在叶片上的弹奏；大雨滂沱时，就会完全回归到生存的现实。是的，那里有梦也有挑战，有最自然、最宁静、最浪漫的田园生活。

“一沙一世界，一花一天堂”，我不禁感叹起来，诗人是多么敏感的灵类！

也许，在这个世界里，空气却是最为清新的，没有尾气、没有污染、没有噪音，乃至是一块最为环保与生态的净土，完全超乎常人的想象。污泥、沼气全因为这一颗种子的生发而变得有意义。这个世界上是没有无用的东西的，有用无用就在于是否拥有一颗饱含希望的“种子”。

那个小苗冒出地面之前，是没有人会发觉它的。谁也不会想到每天脚踩的地面下会有这等精彩。但精彩是掩盖不住的，无论冒出地面的风险有多大。

不几日，那小苗长到一尺多长，黄花的笑脸也更加灿烂了。我每天绕道而行，还会驻足看望它，因为我真的为它的命运而担忧，毕竟这是别人经常踩踏的地方。

我担心它会一直长得那么顺利吗，我担心那花会结果吗，我担心即便结果了又会怎样？

但我又很快恢复了平静，对于它来说结果并不重要了。它既然长到一尺了还未被人踩踏，我估计别的人也和我一样被这蓬勃的生机所震撼。这是一颗多么让人怜爱的、充满奇迹的生命啊！谁还会忍心去践踏呢？即便它被践踏得遍体鳞伤，甚至生命殆尽，至少在众多芳华中，它已成了让人最难忘怀的生命。

井底阴巢吐青华，临风沐光舞黄花。不欲秋来得佳果，但享世间一刹那。

这生命在创造永恒，拥有胜于结果的历程，是奇迹！

2012.8.18

扫一扫 精彩沙画视频 马上呈现

我爱你妈妈

15

幺妹

如果我不写她，她就真的一点痕迹都没有了。我想说的是，她也曾在这世上走过一遭的，而且活了七八十岁。只是她的存在与她的逝去在别人心目中无足轻重。

她叫幺妹，是我乡下老家的一名五保户。我能记事的时候她已是奶奶辈的人了，我们都叫她“幺妹”。大人们常常吓唬不听话的孩子就会说：“你不听话，幺妹就来了。”所以小朋友都怕她，都把她当作是“妖怪”。

她确实让人有点不敢靠近，因为她从不洗澡，我也从未见她穿过别的衣服。不仅如此，她的智商也有些偏低，尤其还会故意吓唬小朋友。但她从未真正动过手，有时我甚至认为她身上也有爱护幼小的细胞。但也有值得称道的，就是干起活来能抵一头牛，这也是村子里唯一能接受她的地方吧。

好像是这样的，她按月轮换在每户家里过，轮到哪家，哪家管其食宿。她的付出或者叫交换条件便是干活，譬如砍柴、挖土、背炭、扛树、打猪草、打黄豆等。当然只能是一些既重又不需动脑筋的活。如果是喂猪、割稻、烧炭、除杂草稍需动脑筋的活，是没人敢让她去干的，否则会帮上倒忙。尽管如此，她还是能得些力的。只是碰到心肠不那么柔软的“东家”，她的日子会不好过些，比如让她住在牛棚边，挨骂也是常事。大家都嫌她臭，有的还嫌她吃得太多，可是，我从来没有看到她难过、伤心、忧怨和沮丧过，每天都是乐乐呵呵的。

她其实与“叫花子”没什么区别，大家并不在意能得她劳力，但得履行义务，谁叫她是这个村子的五保户呢，大家是有义务不让她饿死的。奇怪的是她几乎从未生过病，身体也壮如牛。

村子里几乎都连着亲，只有一户是例外的，而幺妹与那户人家也没有什么关系。我很好奇幺妹的来历，问问我爷爷才知道，幺妹可是世间最惨的人了。

她是嫁到这个村子里来的，嫁给谁我不记得了，只记得她男人也是不怎么灵光的人，也不记得什么时候死了。让我感慨的是他们曾经生过好几个子女，竟然无一存活。其中一个孩子居然是一不小心掉到火炕里烧死的，甚至肠子都被狗给叼走了。听老人说幺妹见到那情景居然只是拍手大叫：“不好了，孩子烧死了！”只有惊吓与意外，并没有痛苦与悲伤的表情（可见她确实智商是有问题的）。其他子女皆是因为这因为那不幸夭折，据说她还是养过一个不错的女儿，也居然长到了六七岁，很聪明，村里人都喜欢。可最终还是因为一场病夺走了她的生命。最后，只剩下幺妹一个人了。

村里的人无不为她感到叹息与悲伤。可她自己倒是无动于衷，永远是那么乐乐呵呵的。再后来，大家也都不为她的遭遇感到叹息和悲伤了，各家有各家的烦恼，顾不上她了，她可有可无。天长日久，她在各家的这种关系便习以为常了。

岁月快速地流逝，我也长大了，回过几次老家，也见到了乡亲们的变化。故去的故去，离开的离开，小的变大，大的变老。似乎有说不完的惆怅。但给我印象最深的是，幺妹还是幺妹，一点没变，她的外在依然让人不敢靠近（或许是小时候的余悸还在吧），还是那一脸自然的无法形容的乐呵样。我相信她真的是开心的，笑一笑，十年少，在她身上得到了印证。

我来北京后就很少回老家了。有一次听家里人说，幺妹因砍柴失足从悬崖上摔了下去，死了。好几天后人们才发现她的失踪，是我叔叔从河里把她捞上来的。不知那时轮到哪个“东家”，据说还做了不错的法事，总算是得以体面收场吧。

幺妹走了，带走了那村子里唯一的、纯粹的笑容。她终究还是经不起岁月的蹉跎。不过，我倒觉得那村子里的房子和其他乡亲似乎还没有她那么皮实。至少没她活得那么自在轻松。

不知为何，突然想起了她，居然还动笔写她。算是她也在世间走一遭的凭证吧。

2015.4.17

16

大脑袋

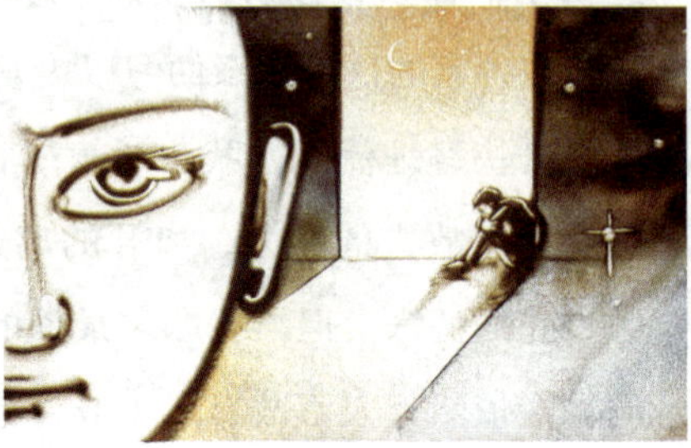

“大脑袋”是一个人的外号，是我老家一个特殊的人。之所以大家都这么叫他是因为他的脑袋有点大，还有他做的事，确切地讲是大家认为他也许要做的事，会让人脑袋大。

他确实曾经做过一件让人脑袋大的事情。那时我才上小学，他比我大个七八岁吧。有一天不知道为何他突然把自己家刚盖好的楼房给炸塌了一半，周围邻里的房屋都受到了牵连。我家那时在医院，与他家相隔不到200米。当时只听到轰隆一声巨响，犹如地震到来。医院所有的窗户瞬间震碎。只一会儿工夫，大脑袋把自己家楼房炸了的消息也炸开在那偏远宁静的山村。

大家都很愤怒，平白无故受到牵连，而大脑袋是个公认的“傻孩子”，没法找他说理，真是叫人脑袋大。当得知他只是引爆了一箱雷管，而因操作不当使得雷管未能引爆20箱已堆好的炸药时，大家反倒又庆幸起来。“懵子（傻子）就是懵子，雷管插到炸药里都不会。”有人这么说。

从此，大脑袋的脑袋就更显得大了。他那双略微痴呆、深邃、直盯盯的眼睛让人有种望而却步的威力。连以往偶尔闲逗他的人见他也避之不及。我们小朋友特怕碰到他，怕他打人。

打心里讲，他其实并没有伤过什么人。我有几次与他碰面（实在无法避开的情况）反倒是他主动向我打招呼："大宝，到哪儿去？"那神情略带微笑，看不出有什么不正常，比想象中的神情要柔和得多。我应付道："哦，军哥，我去办点事。"然后他埋头走了，头也不回。我每每都会回头看看他，不知是好奇心还是求心里踏实。

后来我离开了家乡很久，再回去时偶然又碰到他，他依然认得我，好像昨天我们还碰到过一样。

"大宝，到哪里去？"

"哦，军哥，我去办点事。"

我一直不知道他叫什么，可能是名字中有个军字吧。也不知道什么时候开始这样叫他的，但从记事起我就知道他其实叫"大脑袋"，是个懵子。大家也不敢当他面直呼"大脑袋"，可我有时候想，他是懵子会在意这个吗？

再碰到他时，他的面容还没有太大的改变，只是穿着有些显旧，但干净整洁，一丝不苟。我从小就知道他有个怪癖，一天洗好多个澡，估计这个习惯他一直没变吧。我回到老家时他的父亲刚好过世，他父亲那张疲惫的面容立刻浮现在我的眼前。同时，我想到大脑袋以后该怎么办呀？我知道他母亲早已不在，是在他炸房子事件后的几年里实在撑不住了，喝毒药死的。其实他家以前还算殷实，可能就因为大脑袋的事情，最后落得破败。真是让人叹息。

没人敢理他，怕他带来麻烦，况且与懵子交际是遭人笑话的。

日复一日，年复一年，他静静地游走在山村的那条街道上。而人们却似乎把他遗忘了。大脑袋并没给大家制造多少脑袋大的事情，我看倒是有不少自己给自己弄得脑袋大的人。我总觉得他一个人有个世界，偶尔与外面的世界擦个肩，他想主动而我们会拒绝，于是他又只好回到他的世界。而他的世界好像只有他，他的背影让人难忘而且让人伤感。

他的行为与眼神告诉我，他是个典型的轻度自闭症患者。这是一种常见病；一种让亲情失去色彩与温暖的病；一种目前科学与医学无法解决的病；一种可以通过后天的干预与训练得以缓解的病；一种需要社会主动关怀与帮助的病；一种需要为他提供释放与社交机会的病。这种病的孩子大都不是天才；这种病的孩子智力普通偏低；这种病的孩子有时无法自控；这种病的孩子也许生活都不能自理……

但是，他们的心灵是最善良的、最纯真的，当然也是最孤独的。他们需要我们牵着他们的手走出自己的小黑屋。外面的世界很精彩，也属于他们。

我大概知道大脑袋为什么会炸自己的房子了。我知道这些时已是30多岁的人了，也许还是那里第一个知道的。大脑袋，真是个可怜的人。

写于世界自闭症关爱日

2017.3.20

17

可怕不可怕

我见证过很多人的死亡，这种感觉我想是很多朋友无法体会到的。不是在战场，也不仅仅是亲朋离去的场面，很多面孔都是陌生的。

我生长在湘北的一个乡村里，那里在 20 世纪 80 年代后期和 90 年代可谓鼎盛至极。虽然当时交通不便，却是崇山峻岭、茂林修竹掩盖着的一片“世外桃源”。那里很少有人出走，只有外面的甚至是大城里的人往里进的。那时，外地人蜂拥而至，热闹非凡，他们的目的很明确——“淘金”！

这块土地下蕴藏着丰富的金矿，在我小学到初中的那段记忆里，这里的山水和人们的脸上被“金子”般的阳光照得“辉煌灿烂”。

可惜，那时候金子虽多，却不太值钱。我们小伙伴在河里经常可以拾到白火岩，金子就藏在岩中。有时，它会“嚣张”地崩出岩缝一展自己迷人的姿色。对于小孩子来说，那并没有多大吸引力，绝不会像大人一样迷恋它。我们也很嚣张，只拾不淘，淘那玩意的味道还不如捕鱼捉蟹。那种嚣张的习气是跟大人们学的，只是大人们不是不把金子放在眼里，而是不把“命”放在眼里。为了淘金不知有多少人在那过程中死于非命，有砸死、撞死、堆死、淹死、闷死等。见怪不怪了，那是常有的事。

我家就在医院，有机会看到各种死亡的现状了。大人是不愿意让孩子们看到那些血淋淋的场景的。小孩子们有的是办法，什么也挡不住那颗好奇的心。乡村的医院哪有那么正规，往往操场、大厅、过道就是随机的“停尸房”，谁老有那工夫招呼着一双幼稚的眼睛在直盯着死亡呢。

直到现在，我还能记起在医院的某个角落曾停放过什么样的尸体，还有那些个死亡的故事。脑海里总也抹不去那些阴森恐怖的雾霾……

一次，医院呼啦一群人抬来个重伤者。那人腿脚已模糊，成了一块“肉饼”，有一根红白相间的如象牙般坚挺的骨头从肉饼中伸出来约有20厘米长，谁见了都有想吐的感觉。我那时小，却想起了世面肉铺挂着的牛肉，也不觉得恶心。我好歹也算是见过“场面”的人了，却是头一次见到如此惨不忍睹的一幕，怎会弄成那样？

父亲被一堆人拥到病人前，他用两根指头将病人的眼皮撑开，轻轻地说了句：“这还有什么搞头。”父亲是当地最权威的大夫，他面无表情地宣布了他的死亡。在人们的议论声中，我又知道了另一种死法——“被炸死”。那是两拨采金组的人火拼（真枪、真炮地干），当然全是为了金子。这个人不幸被对方扔来的土制手榴弹给炸到了下身，流血过多，死了。陆续又抬来一些伤者，被枪、铳伤的。有一位“老大”浑身嵌着铁珠，居然没死，那样子让我想起了《西游记》

里的蜈蚣精，很可怕，老远还能闻到他身上呛人的火药味。

一次，我们几个小伙伴在院子里玩耍，忽然听到一阵哭号，好奇心又驱使我们一探究竟。来到病房门口，只几个妇女扑在一个女人的身上嚎啕着。显然，那人已死去，只是面目太狰狞了。她肚子膨胀得滚圆，圆睁的眼睛似乎正瞪着门口，眼中、鼻孔、口中不住地往外喷冒着血泡。我们小伙伴吓得一哄而散。只有喝氰化钠的人才死得那么恐怖。这类是“被逼死的”，据说是家庭矛盾想不通，被生活给逼死的。奇怪的是这些个死者家里都是比较有钱的金老板。那时纯朴的人们突然成了暴发户，物质与精神没有得到同步发展，钱倒成了让人迷茫的负担。有人可能是因钱多得无聊，开始体验吸毒，吸得倾家荡产；有人因钱多了得不到幸福而困惑，居然直接寻了短见。寻短见最方便的途径就是喝氰化钠。当时，那种化学药品

在哪里都能买到，我们小伙伴甚至还拿它去毒捕过鱼。家家户户都有化金池，池里尽是这个水，还有大河里都是。我想，寻短见的人之所以选择这种方式去死，除了方便外还有一点，便是“见效快”。那氰化钠能把金子化成水，人喝了立马毙命，比那喝农药死的省了个痛苦煎熬的过程。

按常理来说，那药绝对是令人闻风丧胆的东西，可那里的人们却不怕它。大人因眼中只有金子，所以不怕。小孩眼中连金子都没有，更是不知怕在何处。但我知道它的厉害。有一次父母吵架，我突然大叫：“你们还吵吵，我就喝氰化钠！”他们果真不吵了。我弟后来还问我：“哥，你不会真喝吧？”我笑着说：“傻呀，吓他们的。”那时还挺得意，一般人不开这种玩笑的。

大家都认为死人恐怖，其实那时恐怖的还有那条流经整个村的河，它也是死的，没有任何鱼虫虾蟹，只有金子在河底。

氰化钠是一种洁白如玉的圆块，将它融入水中，这水便具有强大的功能。前面提到过的“化金池”主体分两个池，大池在上，堆放尾沙（被粗淘过一次，但还存留细金沙）。小池在下，存放氰化钠水。操作时先将尾沙堆入大池中，然后从小池抽取氰化钠水在沙面，沙面的药水便逐步向下渗去，直到全部又回收到小池中，而这时的药水中已融进金子了，然后再通过其他工序将金子提取还原。这小池并不大，有点类似地下室，可这个地下室的威力巨大，我见过因一个小池毒杀 5 人伤 3 人的场面。

那一天，医院前面的操场横摆着八九个人，有几具已是尸体了，还有几个在不尽地呕吐着血水，父亲与其他医务人员正紧张地给他们喂盐水洗肠胃（盐水是氰化钠的克星）。外面围满了人，小伙伴们也挤在中间看热闹，死了那么多人却感觉不到死亡的可怕了。据说，还有一具未打捞上来的女尸，已经溶解开来，只剩散发与红衣飘在水上。那我可不敢去看了，听着都发毛，而且有几个死者就是因为去看热闹，被毒气熏着摔进小池的。

还有，还有，很难说得完了，那时看见并不可怕，现在倒觉可怕了。

看见并不可怕，联想才最可怕。每到晚上，我从不敢在下面转悠，乡村里的夜晚是宁静的，正因为宁静才勾起人们无尽的联想。我属于想象力丰富的那种，老是自己把自己吓得不轻。因此，上厕所便必须找人搭伴（家属楼里没厕所，只能下楼去方便），理由很充分——怕鬼！

要说怕鬼，可有一次我为躲避打预防针藏在了一具棺材后面，居然不怕。现在想来真是好笑。可见，可怕源自心底，不仅是外面的“鬼”啊。

到如今，我依然觉得死亡不可怕，心有挂碍才可怕；氰化钠不可怕，“金子”才可怕。氰化钠只能让人死，而“金子”可以让人死去活来、生不如死。

金子，没它可怕，有它也可怕，你说可怕不可怕。

2013.11.14

扫一扫　精彩沙画视频　马上呈现

善德之歌

18

三位老师

三人行，必有我师焉。我这里介绍的三个人都是我的老师。但这三个人都有一个共同的经历，那就是都跟我学习过沙画。可我认为他们是我的老师。

王延生先生，山东淄博人。这位老师年逾花甲。跟我学习沙画时，知道他年纪超我父亲，是一位有一定身份地位的长者，经历不凡、学识颇丰。他明确表示自己比较忙，可能只有一个礼拜的学习时间。我心里不免有些紧张，那是我首次教到年龄偏大的学员。

第一堂课时，老师比学员要紧张，偶尔会语塞。不过还好，倒是在这位“老学员”的一再鼓励与支持下完成了预定的教学课程。

这种尴尬很快就消失了。因为他的态度让我很快进入了做老师的状态。他让我感觉到这的确不是“审课员”，是一名将自己真诚归零、谦虚用功的学员。不仅如此，他的学习动力也大大超出我的预料，是我碰到的最勤奋的学员。他每天总是提前 1 个小时到，甚至更早，总是在下课后还坚持 2 个小时练习。一整天的学习够辛苦了，何况他这个年纪的人。没想到他是除了睡觉吃饭，其他时间全泡在沙画中了。他临走时告诉我，每天除了在教室的练习，回住处后还坚持练到凌晨。在我看来他是个不知疲倦、精力十足的人。

他有深厚的艺术修养，是那个年代的文艺骨干，是男高音，也是当地一所艺术院校的领导。在课余，他会和我分享自己的艺术感悟和人生经验，使我深有收获。这位慈祥的长者，总是在学习中准备好多问题让我讲解，让我慢慢忘却年纪带来的顾虑和其他的杂念，从而找到当老师的自信。他的谦逊让我很感动。

很有意思的是，他的女儿也曾是我的学员。更有意思的是，他原定一个礼拜的学习时间后来延长到两个礼拜。临走时还是意犹未尽，他体会到了沙画的滋味。

很长一段时间，我们保持着联系，甚至还有几次书信的往来。每次在电话中他都会以浑厚的声音说道："谢谢你呀，大宝老师！"我也会说："谢谢您，王老师！"

李慧勇是来自陕西咸阳的学员，中分头，一身运动装束，爱斜挎一背包。你若以为这是小青年的派头，那我告诉你，他儿子都到了娶老婆的年纪了。与他交流，你会有这么种感受：五十岁的岁数，三十岁的心脏。有时，我甚至觉得他身上的活力比我还足。

我平生最不爱去的几个地方有医院、银行、工商、税务。因为我觉得那里的职员像"机器人"。遗憾的是我从小生长在医院，如今却又免不了经常跑银行、工商、税务。李慧勇就是银行的职员。但他改变了我以往的偏见。除了他身上迸发的那股活力，还有他对生

活持游戏态度的那份潇洒。可以想象，银行的工作是多么的枯燥无趣的。每次看到银行里整天跟一堆纸币与数字打交道的职员，我就会联想到闷在罐子里的骰子。但李慧勇将工作之余创造的精彩完全掩盖了工作带来的枯燥。可以说，他对自己的人生计算得和账单一样细致入微。对生活这笔投资也做了充分的“理财”工作。学习沙画就是他选择的一份“理财产品”。

他没有任何的美术基础，刚来时他就规划了自己学习沙画的目标，说立志成为职业沙画师，争取在退休后还有一份愉快的工作。他有明确的目标，有务实的规划，但同时也十分会享受沙画本身的乐趣。李慧勇——“你会用”，我的感叹。

说实话，当初从他的年龄、基础，还有目标来看，我是持保守意见的。但他永远是那幅喜滋滋、乐呵呵的状态。临走时他带着一本书厚度的笔记和满怀的豪情。

一年后，我的疑虑打消了。我看到一张沙画照片，不经意我还以为是我画的。这张图出自李慧勇。我惊诧于他造型能力的进步。他带着呵呵说：“大宝老师，我回去找了个美术素描班补习了造型能力，你不是说我的造型能力不足嘛，呵呵。”为了学好沙画他专门去学了素描。

沙画确实有这个魔力，它能成为学习的动力。我当初为了画好沙画，自己又主动学习了不少的知识。他跟我讲了这么个经历：“有一天我画得太投入了，外面本来挺安静的，怎么吵起来了，打开窗

帘一看，您猜怎么着，天亮了，呵呵。”说到此，我自愧不如。除了赶必须交稿的商业作品，我从来没有投入到如此地步。

他脸上永远挂着“呵呵”，光这一点李慧勇就是我老师。

熊林，是一个不折不扣的帅哥。比我小两岁。他来学习时，已经拥有了一个属于自己的沙画作品。这个作品是为了给自己妹妹的婚礼送上一个惊喜，凭着在大学里学习的动画知识和在网上对其他沙画作品的推敲和感悟，花了三个月时间生憋出来的。

他的这个沙画处女作震撼了我，不是作品中的内容、创意，也不是他自悟的技法有多高明。而是作品反射出的那份用心和态度。

同时我也能感受到他在艺术方面的灵敏与天分。

有天分的人并不多；有天分又能踏实勤奋的人更不多；有天分还能做到心如止水，不恃才傲物的更更不多。熊林就是这更更不多的一类。他一表人才，学历高，有不错的工作，绝对是众芳倾慕的才俊。如此，他学沙画一定会有明确的、高标准的目的，我当时就是这样想的。

大凡来学习沙画的无外乎三类人。或要成为专业沙画师，或要从事沙画的教学推广事业，或是纯粹的喜欢。大部分的人都是有备而来，有明确的目的。而且有一部分人以“纯粹喜欢”来含蓄地遮挡其目的。真正“纯粹喜欢”的人究竟还是少数的，而且其中还要减掉一部分把“好奇”当“喜欢”的朋友，那真是少之又少。其实，立志成为专业的职业的沙画师也没什么不好，到了那一地步，个中滋味自知。沙画才刚刚起步，需要更多的人才加入。我也不会保守。只是有些朋友心浮气躁，有取巧、侥幸的心理，将希望完全寄托在老师身上。他们希望尽快完成向物质化转换的过渡，达到“短”“平”“快”地实现经济效益。但自己又似乎觉得不太合理，矛盾、不甘、试试，也就羞于直白表达了。

熊林就是这类少之又少，真正纯粹地对沙画热衷的人。当他来时，我问他学习沙画的目的。他说：“没想太多，就是喜欢”。这样的话我已听得太多，不以为然。一般在学习过程中就能印证所说。在学习过程中碰到困难便浮躁、心急、灰心的人不见得有多么喜爱，那是达不到预定目的时的外在表现。熊林不是，他默默地接收，默默地思索，用心地体会，谨慎地提问。不提则已，一提一针见血。或许是跟他性格有关，他给人的印象就是“波平如镜、清澈见底、如沐春风”。当然，这还不足以体现他对沙画的纯粹。因为在学完之后，他不见得高出其他学员多少。临走时他让我想起了两句诗：“轻轻的我走了，正如我轻轻的来。”

只是，他轻轻地走后可不是轻轻来的。一个月后他突然打电话给我，说自己创作了几个作品让我看看。第二天我看到他创作的好几个作品，我简直不敢相信他一个月的进步有如此之快。我无法看到他的创作过程，但从作品的创作、构思、编辑、技法中可见其用心的程度。我的脑海中闪现出一位在幽暗的环境里，盘坐在一束天光下的修行者。一个月，一个月创作出作品，有很多可圈可点的地方，那得要花多大心血啊。这回我完全相信他那句平淡的回答了，够纯粹！

他使我想起了约十年前的自己。从第一次见到沙画开始，我就知道与它结下了不解之缘。我太爱它了，每一个进步，每一个灵感，每一个作品都让我欢欣鼓舞，其中欢乐无以言表。那种热爱是绝对纯粹的。至于以后名利的东西当时未曾想象，也不敢想象，谁知道玩一把沙子能怎样？时间一晃，似乎意外图得了些许虚名小利，那只是我创作过程中捎带的收获。我不是自命清高，只有每每欣赏自己的作品时才是我最为享受最为骄傲的时刻。回想这一路程，亦有被环境和无知带来的困扰，不免产生浮躁与迷茫，但只要回归一颗赤子之心时，皆会看到东方升起的太阳。

看到他这一个月内创作的作品后，平素骨子里也有些许傲气的我心悦诚服。

这世间，有天分的、聪明的、勤奋的、执着的、优秀的、纯粹的人还是大有人在的。熊林就是一位，我拱手相拜：“熊林老师。”

前不久我接到一封这样的邮件："沙画目前太乱，是个画画的人就能自称沙画大师，不按规则……您作为……能否牵头搞个组织或协会规范下这个行业，不然沙画就没希望了。"其中不乏有对我的恭维。这也不是第一次收到这类的信件，还有各类交流比赛之类的邀请。

对我的认可，我表示感谢。可是这个重担我不敢接，沙画的好与乱不是协会或某个组织更非某个人能决定得了的。尤其在当今这个物欲横流、价值观丰富的年代。

沙画要发展，它自然会发展；它要没落，谁也拿它没办法。好多人问我沙画是否有前景？我以为得先问问自己有多纯粹。

至于所谓的"交流"。在我看来，在这个时代我们最不缺的就是交流了。我们缺的是审辨的眼光与思维，缺的是对美的坚守与自信。是否真要来个万众瞩目的大联欢，并名之为"交流"，我看为时尚早，也没那个必要。我们现在缺的不是与同行的交流，而是自身与文化与修养的交流。做好自己、努力完善自我，就是对沙画最好的努力与贡献了。因此，对那些期盼我能"振臂一呼，摇旗呐喊"的朋友们，我要使您失望了。我要告诉您："我还不够！"

我知道，多数同仁都认为我多少取得些成绩，希望我提供些所谓的"成功经验"。我前面推了三位老师，已经很好地说明问题。谦逊、激情、纯粹、踏实、谨慎、务实，就是我取得成绩的法宝，仅以此交流。

2013.8.14

19 日出

列车上，一觉醒来。天蒙蒙亮，有些淡淡的红。外面仍在哗哗呼呼作响，时不时变换着节奏。我躺在上铺，如漂浮在云端，这是一种心安理得的淡定，比坐飞机时真实的飘在云中轻松得多。只是时间上稍长一点，多少乏味一些。

我下床来，坐在走廊的壁凳上发了一阵呆。不知什么时候天空已是清蓝，只是连着远处山顶的地方渐变为黄、红、还有点淡紫。云不多，被潜伏在山底的太阳映衬得格外美妙。飞翔的鸟儿点缀其间，似自由灵动的镶着金边的剪影。这种美丽好像在哪里见过。

哎，很久没有如此认真地迎接朝阳啦！上一次的记忆都已模糊了。小学？初中？高中？应该也只有那个时候才有如此纯情而热烈的举动的。总之，这种期待的心情让人有些怀旧，有些温暖。太阳还是那样照常升起，而我长大了！

红、黄渐变成白，白渐变为蓝紫，蓝紫向更深的色调延伸。伤感也随之而升。

此时，太阳已露出了一点点，如嵌在山顶的巨大宝珠，红红的、圆圆的，并不十分耀眼，但非常通透。是的，这种景色曾经见过，在初中，比这还要壮观美妙的日出。

那是我们干的一件“大事”。是一个让大人知道了一定会阻止的计划——我们要去牯牛山上看日出！我们自发组织了一个看日出的“部队”，由班长带头。多么让人兴奋的事啊！要知道那有多酷，那山的高度可比泰山，在全县也数最高的山峰。光是从学校出发到山脚就有一天的路程，但也正是因为挑战的存在才激发出我们向上的激情！

自信是有原因的，班长堪称优秀的向导，他从小就生长在牯牛山的半山腰，对周围地理十分熟悉。据他说山顶有座古庙，可能还有僧人。多么吸引人的意境，我眼前都浮现了只有在电影里才看得到的场景，没准还有武林高手呢。我们互相反复地叮嘱，谁也不许将这个计划泄露出去。时间定在礼拜六的下午出发。

其实他还说过那山中有狼，或许还有老虎。只是我们都没在意，好奇心的力量是巨大的。尤其我，恨不得立马启程，因为她也会去，暗地里高兴着呢。

出发前，我做好了各项准备，水壶、干粮、电筒等。心里总是按捺不住喜悦，却又不得不在父母面前装作若无其事。庆幸他们没有发觉我的异常。临出发，我取下墙上挂着的“军刀”，那是我以前在桂林旅游时买的，超两尺长，应该足以应对野兽的来袭。甚至脑海里已浮现出英雄救美的一幕了。

出发了，我们随着“头领”踏上看日出的路程……

我始终不离她的前后，我手握军刀准备好应对各种野兽的侵犯。

她却不知。

她不知的东西多了。她不知在交作业本的时候我老爱将自己的本子放在她的前后；她不知别的男生对她献“殷勤”时我心里酸溜溜；她不知我跟她说话时心怦怦直跳；她不知只要她无意地看了我一眼我也会面红耳赤；她不知我在憧憬未来的新娘，那新娘的脸庞跟她长得一模一样……

此刻，我不离不弃，她依然不知我是在保护她。

看日出的激情淹没了疲惫。十几个小时的长途跋涉，一路播撒着歌声、喜悦、兴奋、欢乐和呐喊……

想到此，车外的太阳已跳出了山头，开始尽情地播撒着光芒。就如那时的我们，正迸发出无限的能量。初升的太阳没有因好不容易爬上山巅而懈怠，也不为前方还有一天的路程而兴叹，它依旧笑得如此灿烂。

只不过当我们到达山脚时，太阳早就落山，已是月上当空了。山野望不到尽头，时刻传来古怪的动静，一丝丝凉意时不时从面前、脖子、背后掠过。该死的猫头鹰，它的声音最难听。还有，还有那个大高个，依仗自己的身板硬实，一个劲地讲着鬼故事，而且我知道，他也对她有意思，讨厌，真讨厌！

最令人无奈的而又气愤的是，到山腰时向导已失去了英明的判断，他找不到路了！理由是他从未在夜晚爬过这座山。我们都傻眼了，前后茫茫，幽蓝的山谷在零散的月光下显得格外恐怖阴森，远处还飘起缕缕“白纱”，不敢想，不敢想，连那大个子也闭上了嘴巴。

最后，向导也就是班长做出了具有气魄的决定：“山顶就在上面，管它有没有路，只要往上爬，一定能到达。”这是没有办法的办法了。这个决定等于没决定，谁都是这样想的——爬到那庙里去。当然，看日出早已是忘却的目标啦。

二三十个同学叫喊着，挥舞着电筒、木棍，穿插在深山老林中，只要是向上的方向，不管三七二十一便埋头进发。茅草荆棘参杂的丛林中，我们居然趟出一条路来。我的军刀，对，我怎么样也没想到在这时发挥了巨大的作用。激动的是，她似乎一直跟在我的后面，我更是英勇无比了。那一刻，再大的困难在我面前也会迎刃而解。其他的同学也“打了鸡血”，欢呼雀跃地向上攀爬。哦，我明白了，真要有狼或是虎一定会被这气势给吓跑的。

……

终于，在天微微泛蓝时，我们爬到了山顶。此刻的我们已如历经了一场恶仗。个个头黑脸黑、筋疲力尽了。衣服、裤子、手掌早已划破。就连她也失去了往日的“光泽”。

“谁说这上面还有和尚的，明明就是一个破庙，还是个废墟……”有人嚷嚷起来。我半躺在地上，只是无力地笑笑而已。

天空露出了鱼肚白，远处，在很远处开始酝酿着令人神往的奇迹，我们这才领略到什么叫一览众山小的壮观！所有的山顶都在我们眼底，最为奇妙的是它们如悬浮在云海之中。那云海越来越浓、越来越厚，如翻滚的浪，忽然间披上了一道金边。太阳跳将出来了！我们的脸上也铺满了“金子”，瞬间把脸上的污渍覆盖。我们欢呼，我们招手，我们跳了起来，就像红军会师一样，山谷间久久回荡着我们激情的呐喊。我偷偷地看了她的脸，红的，很好看，就像那初升的太阳……

二十多年前的事了，我有了心爱的老婆，她也成了别人的老婆。好多事情都像云海中飘渺的山峰，若隐若现。只有那轮红日是最难抹去的映像。

“呜——”火车进站。我搁下笔，此刻窗外已看不到日头了。

我轻轻地对自己说：“青春，万岁！”

2013.11.29

20

有趣的吕胜中教授

初次见到吕胜中教授，让我想起了辜鸿铭（我估计这样说，他会不高兴的）。可能是因为他的气场，或是那缕小山羊胡，不过这确实是我真实的感受。

但你千万别以为他是个保守派（他是八五新潮的推动者，中央美院实验艺术系主任）。搞实验艺术不可能是个保守派吧。反正我没想到他玩的是传统得不能再传统的剪纸，而且玩出了花样，玩出了境界，玩向了世界。

一说剪纸，我脑海里立马浮现出过年时陕北大妈大婶拿着大剪刀坐在窗前欢乐喜庆的场景（可能他又会不悦了）。后来他送了一本有关剪纸的画册给我，粗略一翻，我顿时为当初的想法感到惭愧。画册里，我感受到了时光与心血的分量，他那质朴与纯真的剪纸艺术中，蕴含着一颗火热与挑战的心，那火红的分量来自最为普通与轻便的纸张，其效果足以用“震撼”来形容！

我在想，搞实验艺术一定很快乐、很新鲜、很刺激吧，但会不会又很矛盾、很纠结、让人神魂颠倒呢？

走进他的办公室，头悬四盏“永不疲倦”的大吊扇，这对于一个国家最高美术学府的系主任来说稍显寒酸。他专注地面对着那摆放得高高的电脑，那缕山羊胡随着嘴的张合配合得十分协调，有时头抬得有些别扭，头抬得越高嘴张得越大，实际上只需将耷拉的眼镜往上推推就行的。书桌超大，他就像被半掩在一叶小舟上，浮在书海中，周围还漂浮着大大小小的剪纸小人。我能感受到他心里对剪纸的那份执着与得意。

我敢肯定，有人质疑过他的剪纸是否算艺术（至少我有过这样的疑问）。我这样想或许是一种下意识的抗议与报复，因为他质疑沙画是否算艺术（我揣测的），或者用他的话说：“你又误解了。”我确实很难琢磨他的想法。他的眼镜片，模模糊糊，估计很久没擦了，你看不到他的眼神，所以很难洞悉他的心灵。倘若这样，那他是否看事物亦是模糊的！我想，是故意的吧，艺术家保持一份朦胧与感性是明智之举。而我现在不能，要把镜片擦亮。

与他交谈是一种挑战，常使我坐立不安。因为他会激发一大堆问号涌上我脑门。我是个颇识趣的人，有些问题不太敢冒昧向他提出。这就使得与其交谈成了坐过山车般：开始缓缓往上，渐入佳境，悠然而又期盼，远处风景尽览无余；及至高点，激动、兴奋、不安，还没来得及反应，陡然大惊失色，心弦为之紧绷，毛发为之倒竖，天旋地转，不知所向；瞬时稍缓，待舒一口长气，努力摁住躁动的心，哪能止住，一波未平一波又起……直至身体与灵魂几近瘫软，而脑细胞依旧在不住地旋转与跳跃。在兴奋、刺激、疑虑、压抑之间，我又有一番感悟——谁的作品若能使人达到此种境地，那绝对是艺术中的艺术！

与吕教授有过几次交流。第一次是在湖南卫视《艺术玩家》给我做专访的录制现场。在录制时彼此都不太熟，针尖对麦芒，若是再过一点儿，他很可能就会愤然离席。一则吕先生极具个性，我不知其风格；二则我深知从媒体上播出的节目我要尽量把握好自己的度。实际上在张弛之间我是很难放开的，碰到了吕教授由不得你如何。他坐在旋转椅上，伴随语言的节奏，兴奋时挪前挪后挪左挪右，就像扭秧歌一般。我也被带动了，因此现场争辩得很激烈，在场的观众更是听得津津有味，一晃两个小时过去，兴致不减。后来编导告诉我，我们两小时的争论，对得上点的能剪出十五分钟就不错了。哈哈，争个半天还没接上话茬，更有趣的是现场观众还听得饶有兴致。

节目录制完毕，我对自己的冒犯表示歉意，也有心结识这位纯粹、耿直的老师。同样，他也走出了现场的气氛，很客气地道出一番关怀之语。感性的人就是如此，来得快，去得也快。

我当然也是感性之人。不出一礼拜便去登门拜访，这次完全是和谐、轻松的氛围。在一家咖啡馆里，我们从下午四点一直聊到晚上八点，交谈甚欢。那天外面狂风暴雨，而我心里是风和日丽的。我知道时间是很宝贵的，因此特别感谢先生的教诲！又隔一礼拜，再去，他在繁忙中依然接待了我，聊了两个多小时。其实，我自己忙碌时推辞事务只是一句话的事。

但别以为与他套近乎是容易之事。从那缕略微往上翘的山羊胡上，你就能感受到他的孤傲，他瞧不上的人也多了去。但他又告诉

我，他拜了一个干爹，而那干爹是陕西乡下一皮影老艺人。他可与你开怀大笑，但我也相信，说不定他又会毫不留情地指着你的鼻子破口大骂。

他诚恳地叮嘱我，有时间可以去充充电，又介绍了几本书给我。我怀着感激与敬意顺势说道：“跟您学就行。”他善意地讽刺我道：“你都是大师了。”我接着又道：“我内心从未认为自己是什么大师，真的。”

严谨、随和、古怪、有趣，做学问正襟危坐、一丝不苟。他走道时晃晃悠悠，似在云中雾里，如喝了半斤二锅头，半梦半醒的。他享受这种状态。

2011 年 9 月 1 日北京

21

敬畏心

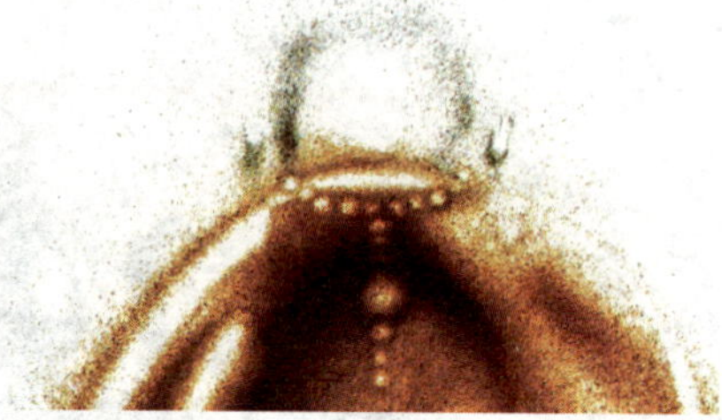

一位并不太熟的阿婆要来我家做客。缘由很简单，去年我和我爱人在长沙问了一回路，正好是这位阿姨，也不知怎的聊得投机，还留了电话。用她的话讲就是缘分吧。过了一年，我都快忘了这事。今年，她来电话说近期要来北京出差，想顺道看望我俩。

这位阿婆特意从长沙带了一箱土鸡蛋、干豆角之类的特产给我们，这让我多少有些愧疚了。要知道，这种登门拜访，还有这层关系我们是多少有点防备心理的，甚至还有过回绝的念头。

她来之时，我正在研究油画。画架底下有两个藤编的小框，一个装颜料，一个装废弃的净笔纸团。这些做净笔之用的纸张，是我练过字的毛边纸，也算物尽其用吧。框里已堆了厚厚一层纸团，时间就堆积在里面，我是一向得意自己办事的态度、效率与规划的。

这位阿姨 60 开外，身着朴素。通过交流能感觉到她虽然文化程度不高，但却是有见识有智慧的人。那双神采奕奕的眼睛显现了她不一般的气场。

聊了一阵子，我带她参观我的作品。能看得出来，她有些拘束。或许带她欣赏艺术是不太明智的选择，可是我更不擅长拉家常。她那双眼睛并不太专注我的某个作品，比如油画、书法，还有沙画作

品。只是上下左右打量了一番，顺便带出几句并不太到位的赞许。我也能看出来她真正想说的话并没有说出来。我态度十分谦卑地说道："阿婆，这都是我的爱好，我的工作，也可以讲是我的生活。"我生怕她尴尬，我也怕尴尬。我确实是不太会拉家常的人。

这是一次并没有太多惊喜但也不至于毫无意义的交流，因为我一向乐意与人分享艺术。要离开时，她到了门口欲言又止。终于，她说道："小苏啊，我们是老乡，我儿子比你都大，阿婆为你好，我说句话你别太介意啊。"

"没事，没事，阿婆，您尽管说。"我态度依然是谦卑的。

"小苏啊，阿婆对艺术呢不太懂。但是我晓得写字练字也是积福积德的事，字写在纸上就有灵性了，你要善待它们，不要搞得脏兮兮的，我看到你的垃圾桶里也有，这样不太好，你搞这行的会影响你的前程。也就是说你要对你干的事情要有敬畏心。哦，阿姨我瞎讲的，有点信迷信了哈……不要介意啊！"

这一席话，说得我脸有些发烫，这一席话如给我当头棒喝。

从此，我开始践行阿婆的话了。善待我书写过的废纸，将它们认真地叠放，到一定时候用胶布捆成捆，安放在一个特定的角落。以往我写一张扔一张，最后揉成团扔之。觉得收拾它们费时又费力。刚开始，我想是对那句“会影响前程”有些敬畏之心吧，不敢随手一扔，有意识地将写完的纸稍有次序地放好。几个月过去后，那角落里便攒了一堆较整齐的纸捆。我感觉出一丝丝神圣感了，尤其当阳光透过窗户照在上面，还时不时闪烁些尘光时，似乎真的有灵性的存在了。这个时候我的敬畏心油然而生，但并非是那句“会影响前程”的话作怪，而是看到了自己用心血凝结而成的所在。它让我不仅甩掉了将纸随手一扔的毛病，更让我养成了惜纸如金的习惯。尔后我每写一副不再是随心所欲的了。如此，也变得惜墨如金，可以说更是惜时如金了。每当我坐在案前，提笔蘸墨时便有一种庄严感，心情在此刻得以宁静，有时可达忘我之境，每当写出一幅“得意之作”时更是愉悦至极。当然，书法水平也提升得很快，可以讲几个月顶以往几年。

有时想来，这种状态才刚入了门道啊！倘若没有这位阿姨的指教，或许我还会志得意满地徘徊在门外，或许终其一生难有成就。假如有一朝，我真能成为名副其实的大家，我想，那次谈话将是我艺术生涯中具有历史转折意义的事情了。因为我从那时开始对所从事的艺术具有了敬畏心。

这世间，有些朋友、有些关系、有些联系，它的起因是那么自然，发展也是那么自然，至于今后是怎样，亦是自然而然。对于人生的际遇与因缘，我现在也是有敬畏之心的。

当人对所做的工作或从事的事业具有了虔诚的敬畏之心，你无法想象人的潜质有多大。至少会去掉许多杂念，趋于和善吧。我不知道在任何岗位的任何人，比如为官的、经商的、学者、律师、老师、普通职员等是否也是这样的。

2015.1.3

22

圣诞节

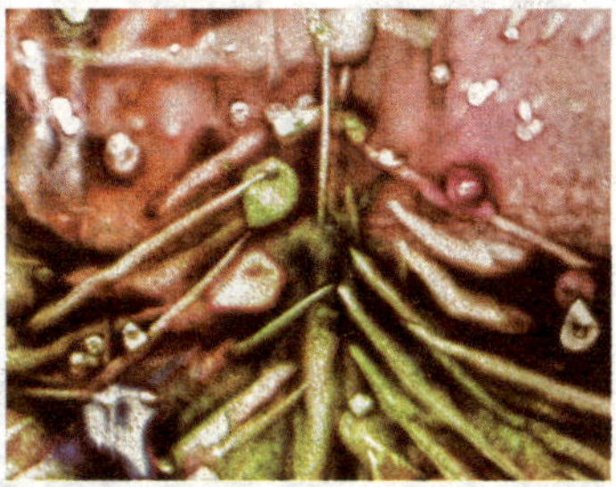

圣诞节的到来最能体现中国的国际化程度了。我不知大年三十的晚上会有多少外国人煮饺子。倘若不多，那么我只能讲，圣诞节的到来最能体现中国被国际化的程度了。

临近圣诞，各大商场、酒店、饭店之类的地方开始改头换面。不知从哪里弄来那么多松树，捯饬得琳琅满目，让人仿佛觉得不在中国是在北欧了。一个红衣白胡子的老头一夜之间占满了整个京城中最为抢眼的位置，跟“肯德基老头”形成了极大的“竞争”。哦，不过他们是一伙的，还包括麦当劳叔叔。

我有时在想，为什么没有一个大姑、大婶、大妈、大爷的能作为我们春节的一个形象代言呢？我建议将春晚的《难忘今宵》换成圣诞的《铃儿响叮当》，或许会来个成功的中国春节向外输出，让国人扬眉吐气一番。然后再来个出口转内销还能再挣一次国人的眼球。真要到了那份上，世界大同，中国年外国年一起过，真正的国际化了！

我算是有民族自尊感的人吗？反正我现在对国人热衷过洋节是不太感冒的。圣诞晚上，酒店自助的门票动则上千，一家人吃顿饭少说也得几千块。相对而言，吃顿饺子过年要划算多了。有人调侃道，贫穷限制了自己的想象，说我不喜欢圣诞节，是因为从没过过圣诞节。也

许吧，但我不喜欢圣诞节吗？我没过过圣诞节吗？

不可否认，有几年时间，我是最喜欢圣诞节到来的人。恨不得一年过它个三四回，三四回也还嫌不够。不为别的，就因为那几天我的演出费能高出平时的好几倍，而且活动多到排不开。

到了圣诞那晚，从早到晚忙得不亦乐乎。一天下来八场十场都没问题，只是赶得心急火燎，连饭水都没时间进，直到凌晨回到家中。但那并不是累得趴下的时刻，反倒是一天中最为兴奋的时刻。因为可以安心地在床上点数着一大把钞票了。这一天，够平时一个月的收入。

记得有一年圣诞节，我的演出全定在了亮马桥附近的几个五星级饭店里。长城饭店、亮马桥饭店、昆仑饭店，每个饭店都有三场，分不同的楼层。这种活，绝对是让其他演员羡慕不已的。因为不用把挣钱的时间浪费在路上，也大大降低因误场而影响个人声誉的概率了。再就是，五星饭店给的演出费都是比较高的。

当然，即便如此的安排，这个过程还是充满“电光火石”的。我的表演最少十分钟，加上装拆道具也得十分钟，楼上楼下一趟平均也得花上十分钟，那是绝对紧张的时刻。也许你赶着点正好上场；赶的早还得干等；不赶趟的话，下一场的人像催命一样打爆你的电话。那真是心都要跳出来的搞法。演员就如机器一般，台下刚才还满脸紧绷的状态，上台就得阳光灿烂。如此反复，演到最后一场也确实是使出了最后的一点劲了。即便如此，我依然喜欢圣诞节的到来，甚至多来它几回，我好多挣点。

圣诞节，让我想起了“耶稣”。当然，我不是手在胸前画十字的信徒。好像耶稣是救世主吧，真希望他能拯救我们这些个“劳苦大众”啊!

圣诞节又来了，也是祝福信息满天飞的一天。我接到无数的信息，但只注意到一条：“耶稣在星期五被钉死在十字架上，那是最绝望的一天，可是三天后就是复活节，所以人在困境中应该学会至少再等三天！”

时光回到我刚出道的时候。那时我刚二十来岁，为了生计学会了一些魔术节目，但还不足以混口饭吃。没有工作、没有方向、没有依靠，迷茫、困惑、焦躁，对未来充满了渴望与恐慌。同屋合租的“兄弟”带着我的部分生活费悄无声息地离开，对我无疑是雪上加霜，我感觉快撑不下去了，有时情不自禁地祈求老天保佑了。

“再等等！”我咬了咬牙，不信自己活不下来。其实身上只有一百多块钱了，只能维持一个月。幸运的是，在这“垂死边缘”接到了一个活动，可以挣 100 元钱，我获得重生！

好不容易再熬了一阵又回到饥寒交迫的时候，我又暗暗地给自己打气：“再等等。”奇迹出现了，又接到一个活动，就在将要“弹尽粮绝”的那一刻，100 元钱拯救了我。感谢老天有眼！

在战战兢兢中又行进了一段，又一次面临挑战，到了难以为继的地步。我再一次祈求上苍，祈求幸运的降临，我相信只需要跨过这次，就这一次！终于，又奇迹般地接到了“救命”电话，100 元！我架上自行车直奔地铁口，轻快得像春风里的燕子，全然忘记了那时已是深冬。

但这次未能如愿，当我走进地铁口时，对方来电告知演出临时取消了。我急切地问道：“怎么可能？”对方说：“今天天气太差，没什么客人，所以取消了。”“哦！”我轻轻地回应道，声音显示了我的失落。心里不住地叨咕：“客人为什么不来呀，难道老天没有告诉他们，有一个人正等着这场演出活下去吗？”

我垂头丧气地推着破旧的自行车回来，心情低到极点，外面灰蒙蒙，寒风刺骨，开始飘落雪花了。“还能再等等吗？不，等不了了，还等等吧……”我反复地问自己，也好像在问老天。

突然，一张绿色的纸片在我前面不远处不住地翻滚着，生怕没人知道它的存在。我的血液顿时沸腾起来，就如饿极的狼看到了小白兔，猛扑过去……

我捡到了 50 元人民币！不，一定是老天爷赐的！我放声大笑起来，我再也不怕了，我知道老天爷在保佑，我知道天无绝人之路，我要留下来，我一定能留下来，一定！

“感谢上帝！”我欢呼起来。

尔后，圣诞节到了，我接到多个活动的邀请，场场在 500 块以上，足够我支撑半年的，半年的时间足够了。

多年过去，我依旧在北京。圣诞节又来了，我反复地回味着那句话：“至少再等三天！”

嗯，再等等，要等等。

2012.12

大师

有幸聆听欧阳中石老先生的讲座。其语音绵绵，没有慷慨的气势；其语速缓缓，没有激昂的节奏；其言辞平平，没有华丽的辞藻。但其魅力却着实不凡。

老人是被牵扶着，缓缓步入会场的，一旦入座就稳如泰山。即兴的讲座如清流般徐徐展开。与其说他在讲艺术，不如说他“讲”便是艺术。这是最为质朴无华的艺术了。

本以为老先生会侃侃而谈两小时的，谁知，刚入佳境便戛然而止了。主办方的工作人员也始料未及，这时有人上来解释道：“各位，不好意思，老先生一辈子教书育人，养成了一堂课 45 分钟准点下课的习惯，见谅，见谅。”我一看表，果真准点。

我们深知，即便他讲了两小时我们也未必听得尽兴的。老先生一肚子的学问岂是我们能在两个小时、两年，甚至二十年里消化得了的？能近距离感受就实属不易了，何况，这种课早已超出一般意义上的知识的传递，那是精神的传承，是艺术的享受。有幸相逢已实属不易，我们早已知足。在热烈的掌声中，先生缓缓步出

会场……

什么是大师，专业才是大师！

久在艺术道上混，难免碰到各类大师。见的大师多了，便渐渐对这种神圣的称呼失去了兴趣。其原因有二，一是大师太多；二是大师也不过如此。

今日我才知道，大师就是大师！

2013.10.29

24

迈克尔·杰克逊

迈克尔·杰克逊在我心中是神一级的人物。

记得小时候看过一部以霹雳舞为题材的电影，里面的人物身穿迷彩服，头扎红飘带，手戴半截露指的皮手套。或太空步，或机器舞，或滑步，或擦玻璃舞等。无论造型还是舞步都风靡一时。在我们乡里也非常流行。能摆弄几下的，绝对是超时髦的主。我也能模仿些招数，便获得了“明星”般的热捧。为此，母亲还特意仿照电影里的装束为我置备了迷彩服和手套。从小学到高中，学校举办的文艺比赛，凡有我参加的，一等奖几无旁落。

也是到了高中才知道这类舞蹈的始祖是迈克尔·杰克逊。看了他的光碟后，这才知道我们的那点玩意简直不堪入目，不过就我那点玩意也风光了多时啊！

他的舞蹈让人叫绝，节奏、力度、变化无不显示着他的奇妙，那绝对是让人神魂颠倒的舞姿。且不说“滑步”“抓档”这样的经典动作，就连脱帽、扯衣、脱戴手套等举手投足间都散发着让人狂热与窒息的魔力。这绝非歌迷们缺心眼被蛊惑，而是真正的艺术使然，激情、感动、震撼！不管如何非议他的艺术造诣，还是攻击他的生活作风等问题，我坚定地认为迈克尔玩的是当之无愧的艺术，是纯粹善良的人！

他的嗓音是天籁。我见过模仿秀演员能把各类明星模仿得惟妙惟肖的，却从未见有人能将迈克尔的舞姿与嗓音合一地模仿出来。大抵能在舞姿上靠近一点，至于天籁般的嗓音无一能得以还原。

一直被模仿，从来未超越！

迈克尔是完美的创造者。他的作品丰富、含金量高，可谓部部经典。只要他的节奏响起，你会有种必须、必然如此的感受。那是

自然而然的、天衣无缝的造化。你或许不懂英语，你或许不知歌名，但只要那节奏、那旋律在你耳边鸣响，你立马会为之共振，总有一种似曾相识的感觉。

迈克尔有情有义。人不“美”岂能创造美？再也明了不过的逻辑。这逻辑在他那儿却是被金钱、嫉妒、咒骂、讹传所蒙盖了。一个人被迫地只能与小朋友，与猩猩、马为朋友，这是多么令人伤感的遭遇！他是无辜的，他很无奈，他只是想拥有一个梦幻童年罢了，对于他，那是奢求。谁又会愚蠢到将全身漂成异色？你愿意吗？你，你，你愿意吗？

迈克尔的一生才是最大的艺术，那是无法复制的传奇。美之为美斯不美也，善之为善斯不善也。台上的荣耀与台下的孤寂，生前的争执与死后的定论形成了绝无仅有的对比，对比中产生了美的永恒！只是，你能从那清澈而又无奈的眼神中看到渴望、看到失落吗？

那是用生命筑就的艺术神话！

迈克尔逝世那天，我心情无比沉重，用沙画创作了一个作品以示对偶像的缅怀。这个作品迅速在各大网络上、电视里蹿红，而且在上海、广州、深圳等城市的很多移动媒体上连播数月，形成了极大的影响。为此上海电视台与东方早报为我联合颁发了个“2009 年度艺术人物奖”。

这是让我始料未及的，沾上迈克尔一点边，让我拥有自信而美好的童年记忆，让我得到意外的奖赏与鼓励。玩把沙子创造了个奇迹，只因我在描绘一个神话。那过程绝对是件幸福的事情！

我永远的偶像，伟大的迈克尔·杰克逊！

2013.11.29

25

打的

第二天要去厦门，临行的前一晚，老婆用手机 APP 约车，直到第二天凌晨一直没约上。或许，从家到南站还是过于近了些，若是奔机场方面，我想就不会是这样。于是，我将手机闹铃调至更早一些。

闹铃声如约而至，我顿时爬起来。非常有效率地洗漱完毕，老婆却是一派安然淡定。

“已经约到车了。”说那话时她忍俊不禁的。

“什么时候约的？”

“刚才，你在猴急猴急洗脸的时候。”她越说越忍不住笑了。

“老天保佑，不会迟到了，早知道这样……我还打算下楼去招车呢，这是什么破地儿，没几次容易逮着车的。”不过说这话时，我的心情十分放松。

准点上车，出租车司机早已打开了后备厢候着，行李一搁，出发！微风透过半开的车窗徐徐拂在脸上，吹开了我的心花。“高铁就是强于飞机，至少更安全更准时吧。”我心里暗暗地说道。我留意着副驾驶台上的司机名片与姓名，对司机略有几分好感，多亏他经过这儿。

"师傅，为什么昨晚我们约了半天也没约着车？"

司机地道的京腔："您这个太近，临时就能约得着，晚上都是约第二天的大活儿。"

果不其然！

"我呀，正好经过，500米，嘿，下单啦，不管长途短途，不在乎这个。"他语速很快。

我没太在意他说的，担心着路上会堵，FM103.9的声波几乎全被我的耳朵接受了，其他"杂音"一概不入。

其实，那会儿并没有交通路况的报道，正播着一个出租车司机的访谈节目，本想着关闭"接收"状态。其中一段对白把我震了："我们20年前开出租，月挣一两万……"

"20年前，月入一两万，开出租？"我不经意重复了一下。老婆的心全在好动的儿子身上，并无反应。

我将头向前探了一下，这动作很有效果。

"可不，那时候，我开大货一天挣一千块跟玩儿似的。"他回应了我刚才的举动。

"师傅，20年前呢？"我表示怀疑。

老婆这时却搭上了茬："当年会开车的可是香饽饽，女孩就想嫁给司机呢！"

我怎么不知道，老婆对此类历史倒是在行。但我确信，此信息不虚。看着这略显富态的司机我想问又不好意思问，拐了个弯表示了一下当时的心理活动。

"师傅，您当年要是买两套房，现在就不用开的士了。"似乎在替对方表示惋惜。

他很淡定地说道："有，我有四套，三套在地铁旁，一套别墅，别墅在郊区。"

他的话让我又一次怀疑自己的耳朵是否有问题，我再次确认："那您干吗还开出租，躺家里收租不就得了？"

"我告儿您，不是我不会过日子，人哪，总得干点事儿，不然难受。我这早上九点干到晚上五点，回家后就开我那奥迪去泡澡，得，算是一天过去了。以前我们哥儿几个就泡澡，办那洗浴的卡一办就两三万。天天泡，就这么泡，两年下来浑身都是毛病啦，这病那病都来了。咱们也没别的爱好，就爱泡澡玩什么的，再这么下去就全完了。后来，还是得开车干活，一干活什么病都没了，舒坦。咱哪，就一老百姓，过不了那富贵的日子，我老婆也是，在一商场给人卖巧克力，呵呵。"

我和老婆也跟着笑了起来。不知该说什么，可怜也不是，羡慕也不是，只剩下感慨，也为刚才的提问表示些愧意。

"师傅，您刚才说哥几个，也就是说开出租的像您这样的还有？"

"多着啦，北京城开出租的像我这样的要占到十分之一。我们不为赚钱，就图有个事儿干，刚路过您这儿 500 米，不管长途短途，下单……"那语调透露着一股洒脱、自在。

我再一次感受到耳膜受震。这次行程使我彻底改观了对北京出租司机的看法，包括他们的职业，包括他们的生存状态。

汽车一到站，我与他道了声谢，这时旁边过来一位"小红帽"的老师傅问我是否需要帮助，我非常礼貌地表示回绝。

一路上，心里多少有些惆怅。

2015.6.3

26

若凡不凡

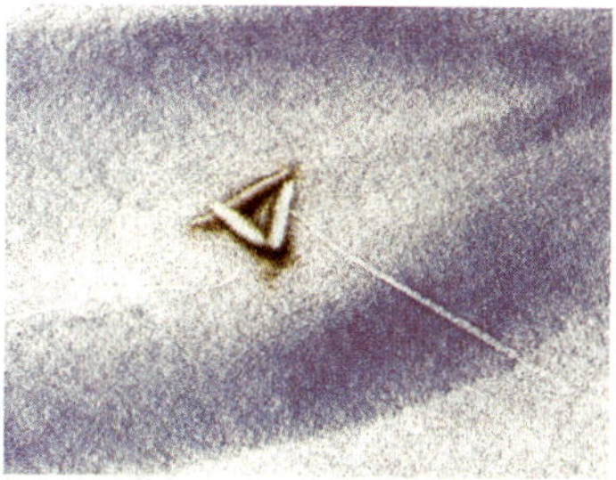

顾若凡小朋友跟我学习沙画。

她是个不幸的罕见病患者，是个“粘多糖宝宝”。

她聪明、可爱、善良，比其他小朋友多一份淡定与成熟。她很特别，很懂事。

她是坐着轮椅来的。她母亲告诉我，这种病几乎没有治愈的可能，因为无药可治。得此病意味着骨骼逐渐停止发育且越发脆弱，寿命一般在四十以里，相貌越长越难看。不知是不幸中的幸还是不幸，那就是这病不影响智力的发育……

目前只有美国的一家制药公司在搞研发与临床试验，并将在全球招纳 150 名患者享有终身免费试药的资格。中国目前未将此病纳入医保，小若凡和其他中国小朋友患者将无法获得这个机会。这也意味着即便这种药研制成功，小若凡将面临着每年自费 100 万的医疗费用……

因此，她母亲从外地举家迁到北京，建罕见病网站；组织患者搞活动；向卫生部请愿求助；奔走于世界各地寻找希望。为了能引起大众和国家相关部门的关注与重视，几乎想尽一切办法，包括让她学习沙画。

小若凡学了两三堂课，学得很用心也很开心，不久便能上台表演了。带着沙画她上过央视许多节目，还有凤凰卫视的《鲁豫有约》、浙江卫视的梦想秀等，引起了不小的反响。她在电视里发自肺腑地呐喊："我要用药！"让我的眼泪情不自禁地涌出。我没碰到过学得这么快的学生，她自信、聪明、知足、感恩。她自己的命运她非常地清楚，但她稚嫩的脸上却看不到丝毫的恐惧、无奈与忧伤。有一次她睁着灵动的双眼直视着我说："生命的意义在于宽度而不是长度。"我对她除了怜爱还有敬意。

所以，她的生命比一般人过得更有效率。她有很多特长、有丰富的想象力、有坚韧的意志，她学习沙画学得最快，也学得最快乐！

愿天下所有的小朋友健康、快乐！

2013.5.28

27 难忘的贺兰山之行

前不久，我创作了沙画作品《满江红》，是根据岳飞《满江红》的词意来创作的。其中那句气势磅礴的“驾长车，踏破贺兰山阙”的句子挺激发我的想象力的。但不曾想，在我创作完此作品后，竟有机会领略贺兰山。

因给首届贺兰山葡萄酒节创作开幕式作品，我应宁夏林业局领导的邀请进行实地考察。

我很少会为一个作品去做实地考察的。在我看来，搜尽奇峰打草稿那是古人没网络时的选择。这次不同，一是盛情难却，宁夏林业局各级领导对此事都很重视，非得要我亲身感受到宁夏的历史文明与风土人情他们心里才踏实。再则，我如今似乎有些相信宿命，上个月画贺兰山，这个月就有机会来贺兰山，岂不是老天的安排？心里颇有些小激动。

“宁夏，有着悠久的历史……”，一上车，陪同我游览的魏主任便开始滔滔不绝了，言语中透露出的专业范让我有些不太适应。第一站是有着5000年历史之久的贺兰山岩画。在山脚，在山腰都能发现远古人类的作品。那质朴的线条、充满创意的构图不禁让人啧啧称奇。魏主任介绍，那深刻在坚硬的石壁上的图画是远古人用石头磨刻出来的。那时没有金属器具，只能靠自制的石斧、石刀来“创作”。那岩画描绘着各种动物、人类、神灵等，那是远古祖先们对自己生活的真实写照，是他们智慧的结晶，它们是那样的自然天成，是如此的感人，让我的思绪不尽超越了时空。从贺兰山的北头到南头，延绵150多千米，有很多处岩画群，可惜我们无法一一领略。我爬上了山腰和那幅最负盛名的“太阳神”留了个影，我要将它入画，那也是他们所希望的。我对魏主任说道：“这么多的岩画，可见那时候刻岩画是人类的一种生活方式了，那时候的人都是艺术家，因为他们最淳朴、最真实、最有创造力。”

时间很紧，粗观了岩画，便直奔下一站——“西夏王陵”。沿途经过闻名遐迩的“镇北堡影视城”。在我心目中，这个影视城应该有很大地盘的，可是魏主任说其实只有三个足球场那么大。三个足球场大小的地方制造了五湖四海皆知的影像，我很是钦佩张贤亮先生了。魏主任自豪地说：“张贤亮有句名言——我们卖的是荒凉。”

没错，影视城内是荒凉的，影视城外也是荒凉的，整个贺兰山脚下已经荒凉了几千年了。那几座寂寞的王陵在山脚下，在砂石堆上也已荒凉了上千年。尽管魏主任一再形容那时的王陵有多华丽，多气派，可映入我眼帘的就是那么几座黄土堆。华丽是保存不了的，气派也不可能长存，当然，那荒凉也未必永远荒凉。

“从古至今，贺兰山脚下一直是砂石成堆的不毛之地，尽管不乏有人用心地开垦播种，可农作物在此地的收成就是不尽人意。直到如今，废地变为宝地。因为它可以种出世界上最好的酿酒葡萄。此地正处北纬38度左右，阳光充裕，降雨量少，斜坡地形，沙石土富含矿物元素。它背靠贺兰山，有黄河水的滋养……”魏主任一直口若悬河，我能深刻感受到他们对这片土地的热爱以及对这片土地寄予的厚望。我当时生怕魏主任喉咙会“冒烟”，回来之后发现他的努力并没白费，我居然也能和别人情不自禁地推介起这片“荒地”来，不，是“宝地”。

此行的重点是来了解葡萄酒产业情况的。我一边看一边听，开始步入主题了。我们一路参观了好几家知名的葡萄酒庄。我是生平第一次参观酒庄酒窖，心里不免有些好奇与激动。魏主任一直在介绍着这家是法式风格或那家是什么什么风格，对于酒庄外观，我倒是没太在意，大体就是别墅模样，而我的心早就飘到充满酒香味的、幽暗的、神秘的酒窖里了。

酒庄的管理人员介绍，红酒是有生命的，也需要听优美的音乐，那样可以帮助红酒更好地发酵。我将信将疑，脑袋里浮现出曾经看到的一则消息：“据说某个地方给奶牛放优美的音乐，能产出优质的牛奶。”不过，当我看到它们，完全相信了。那装满红酒的橡木桶，就整齐地堆放在恒温、恒湿的酒窖里。它们在那里呼吸、在那里享受、在那里变得醇厚，就像坐禅的人。魏主任说：“好的红酒是种出来的，是酿出来的。”优质的酒在选材上甚至到了苛刻的地步——一粒粒地挑选葡萄，次的、坏的全淘汰，然后请经验最丰富的酿酒师来酿造。当然酿酒师的价格也是不菲的，据说请来高级的酿酒师，几天的工作时间就要50万～60万。只有优质的酒才有资格装到那造价不菲的橡木桶中，从入桶的那一刻起，它便如此的庄重、宁静、

绅士。谁说葡萄酒没有生命！

“不同的酒庄，有不同的风格，有不同的文化。因此所谓的红酒文

化也就变得丰富多彩了。”魏主任的嗓音有些沙哑了，仍在滔滔不绝。而我却对巴格斯酒庄的两个小雕塑很感兴趣，魏主任熟练地介绍道：

“这两个小天使是按酒庄庄主的两个小孩的形象塑造的。”

“挺有意思。”

“这也是酒文化的一部分。”

一路又参观了几个酒庄，这回来到了西夏王葡萄酒厂了。我看到门牌上方挂有一个防沙治沙基地的牌子比较好奇。原来这个酒厂是在沙地上建起来的，也是将荒凉变“桑田”的典型。国营的酒厂就是壮观，光那一排排的酿酒机器就让我震撼了。和其他酒庄不一样的是，国营的酒厂更多是为大众消费而服务的。一般人都认为品红酒是高雅、品味、尊贵的象征，是高端人群的享受。我认为，好的东西应该是众人都能分享的，不仅是味觉、感官，精神、文化也应该是人类共同享有的财富。有一天，中国的老百姓都开始将喝红酒看成是普通的消费。所谓的“上层”，崇尚的是真诚的、积极的、纯正的“品”酒文化，那么，就说明我们的物质、精神也应该都是“红的”“醇的”、有“品质的”了。愿我们每个人就如红酒一样，活得有生命、活得自然、活得醇厚、活得通透、活得有尊严。

一路上，我赏着宁夏的风土，听着宁夏的故事，品着宁夏的美味，心情愉悦，豁然开朗。奔驰在贺兰山脚下，映入眼帘的是充满生机的平原，何等的享受！唯一遗憾的是，没有品到宁夏的红酒。或许是他们考虑在工作状态下不宜饮酒吧。本来我也不善饮酒，也无需饮酒，宁夏人的朴实、真诚、积极、勤劳、智慧已经让我品味到了最为怡人的醇香。

整理完资料，第二天我向林业局的赵书记汇报创作的思路。赵书记很威严，不苟言笑。我说道：“赵书记，我这次创作的主线分四段。第一段叫‘回顾历史’，展现宁夏的悠久历史文明；第二段叫

‘着眼当前’，表现贺兰山东麓的地理位置、优势；第三段讲‘勾画蓝图’，介绍自治区的领导班子高瞻远瞩，因地制宜，因时制宜，勾画一心、三城、十镇、百庄的宏伟目标；第四段讲‘展望未来’，表现了当地政府变废为宝、改善就业、加快城市化进程、实现经济增长、打造东方的红酒圣地的雄心壮志。”说完，我看到书记的嘴角微微翘了起来（看来魏主任的工作做得还是很有效的）。

活动顺利结束后，临别时工作人员一再地说：“欢迎下次再来，有服务不周的地方请多谅解！”接着，提了两瓶红酒送我手里。我很高兴，终于可以品到贺兰山下的红酒了。

宁夏和宁夏人一样，都是优质的、存封了很久的美酒。值得品味，值得回味，值得开启。

28 夏威夷

初到夏威夷。一下飞机，一股精致、洁净、厚实和爽朗的气息扑面而来。果不其然，这气息覆盖着整个岛屿。这块陌生的土地能让人很快产生亲近感。

没有值得炫耀的高楼大厦，也是这气息自然流通的缘故吧。精致的各式木质小别墅从海岸一直延伸到靠海的山顶。当然这山不算高，那气质与这诸多的建筑形成了和谐的整体。

海风轻拂，如绸缎滑过脸庞。因此，这里的花草树木被柔和湿润的风“按摩”得怡然自得，它们该绿的绿，该红的红，在湛蓝的天空与悠闲的白云的映衬下显得格外招人喜爱。游人们迫不及待地拿出相机、手机，咔咔地拍个不停，生怕错过了这清晰而灿烂的景象。尤其是阵雨过后，彩虹出现了，简直不想挪步了。这风景如此清新、美妙，海风不带一丝咸味，让人陶醉。

导游一路介绍着夏威夷的风土人情。他给我们卖了个关子，路旁有一些带着“铁臂章”似的树杆，让我们猜猜为什么给树带那个东西，而且有的树有，有的没。那确实看不出什么规律来，没有一个猜中的。我想了想，“是不是防止什么东西爬啊！”他这才笑着表示赞同，说我沾上边了。原来凡带“铁臂章”的树上都有鸟窝，是为了防止黄鼠狼的偷盗而设的。这样的工程让我震惊。下车后，我发现这里的各类鸟都不怕人，在一尺开外的它们快乐得忘乎所以。慢慢地，我发现运河旁边的鱼儿见人也不怕，甚至随着人儿一同“散步”。这儿也是它们的天堂，它们也是这儿的主人！

动物不怕人，人倒是处处牵顺着动物，当然人与人更是和谐相处的。无论国籍、外貌、肤色，谦卑、和善、笑容、礼让是这里的主旋律。没有生命的汽车也是十分的和蔼的，它们不急不躁，不喊不闹，驾驶它们的主人会在 10 米 20 米开外向您致意，就是在说：“您先请！”往往碰到此景我心中陡然一热，对着那车、那人点头致意，说上一句他们也许听不见的“thank you”。

细节与创意无所不在，一切讲求实际、效率与和谐。再大牌的商店也看不到富丽堂皇的大厅，地面、墙上、所用的材料却体现着环保与朴实。不仅是商店里，从里到外，从外到外，一直到海边，“洁净”与“厚实”将它们又连成了一个整体。

一阵细雨过后，马路上犹如青油涂抹过，光亮得让人有些睁不开眼。电杆下可以给手机充电，电线杆上挂着街灯，那些长在方便位置的、各种姿态的树也会挂着街灯，它们没被电线杆取代。夜幕降临，参差的光线让人置身在迷离的梦境中。当然，我相信那些创意一定也会省去很多城建的成本。这里不是新城，但它彰显着一派优雅与绅士的风度。

无论在哪个餐厅用餐，或哪个商店购物，服务员的态度都是那

样的真挚热情，那笑容毫无做作。你大可尽情享受着体面与尊重。当然，我也会尊重他们每一位的。

大海的蓝，我前所未见。像没有瑕疵的玉璧。它包裹着钻石般的小岛，岛上有来自五湖四海的男男女女秀展着自己傲人的身姿与肌肉，像珍珠一样撒落在洁白的沙滩上和海浪中。多彩的肤色，自由平等地享受着来自上帝的恩赐。我相信，在上帝眼中，这绝对是一块镶满了各色宝石的上品。

坐在沙滩上，蓝天、白云、大海、比基尼、飞鸟、帆船……组合成一场完美的视觉盛宴；躺在沙滩上，欢愉声、海浪声、鸟叫声，偶有传来的飞机轰鸣声……交织成一篇篇动人的华彩乐章。

我坐在树荫下的椅子上，一尺开外有一群鸟在欢舞。我用镜头记录了无数个瞬间。然后随便挑几张放在微信上与人分享。我写道：“愉快的夏威夷之行，让我感受最深的是，人与自然的和谐，我相信这里的人与人、人本身也是和谐的！”

旁边一位四川口音的大叔问我："小伙，你觉得美国好，还是中国好？"我不假思索地回道："美国好，但没有家的感觉。"他面无表情地说道："如果我们中国也只有三亿人，肯定也会个个富得流油，也会是这个景象的。"

我沉思着，望着远方，深深地吸了一口气。

2015.5.27 夏威夷

29

海外华人一家亲

（一）

冯小刚的电影《非诚勿扰 2》中有一段戏让我记忆深刻，定居在北海道的华人乌桑，在送走男女主人公后（男女主人公的名字我也不记得了，乌桑倒是没忘），一个人驾车返回时独自潸然泪下的那一段。忧郁的音乐，美丽的风景，孤独的影子……

我不知道导演为何要安排这么一段，我认为把这段抹掉实际上并不影响电影的情节，甚至抹掉还可以使电影的节奏更紧凑。而且，我也没看明白，乌桑住在天堂般的、多少人向往的地方，有什么可伤心落泪的？那并非全是离别的泪水，至少不纯粹是。

意大利之行，我算是多少明白了导演的用心，或者是明白了乌桑为什么会流泪。人生道路如此漫漫，纵然沿途有无限风景，也无法让时间定格在任何一瞬间。回不去，停不住，看不清，人生的际遇、聚散总是被时间无情的左右，然而，又无可奈何。我想到一句

诗："念天地之悠悠，独怆然而涕下。"是的，那泪水并非全是离别的感伤，也是历经沧桑后五味杂陈的自然流露。即使其中也不乏喜乐，那终究是瞬间，无法挽留。我想应该是这样的，浮云过后的清晰透彻也是一种迷茫与无助。

（二）

2016 年意大利维罗纳 Tocati 国际艺术节，中国作为此次活动的主宾国，派出了 120 多人的代表团来参加，我也有幸在其中。代表团由北京、深圳、山西、贵州的四个小团组成。到了异国他乡，语言和文化本来就有差异，加上团里彼此又不熟悉，内外的协调与沟通都很不畅，活动的进程也就非常缓慢了。在这时，维罗纳华侨华人总商会的几个会长来了，他们充当了志愿者，协助执行工作。当翻译、当司机甚至还自费提供了不少生活的必需物资。连续四天的紧张工作，他们没有丝毫懈怠，没有任何怨言。他们本身都是有成就的企业家，自己的工作也非常忙，在远道而来的同胞们需要帮助时，他们义无反顾放下手头的工作，尽心尽力地提供援助，种种情景让我感动不已。如果没有他们，我们随时都面临叫天天不应，叫地地不灵的困境。感谢！

福迪卡服饰的董事长陈福强先生，是我去之前通过朋友介绍所认识，也仅仅是微信联系，他在佛罗伦萨。我到维罗纳时，他正筹备佛罗伦萨国际服装周，而且是活动组委会主席。我们有一个环节就是去佛罗伦萨拜会总领事王辅国先生。如果没有这个事情，我想，我是不会主动麻烦人家的。既然有这个安排我便顺理成章地与陈先生联络上，本意也是照个面，算是没有辜负国内朋友的一片心意。谁知他正在筹备活动的现场，而且还在 prato，我立刻告知他不用过来，别影响了工作。尽管我说了好几次，他还是放下手头的工作，与我前后脚在领事馆相见。相见，立刻如老友相逢，没有一丝生疏。

因为我的一个信息，不仅打乱了他本来的工作流程，让他破费招待了一行 20 多人，而且整整一个下午他热心地带着我们把古老的城市游历了一番。更让我心存歉意的是，由于人多，一时走散，回程居然没有来得及道别，甚为遗憾。当我回到维罗纳后，他还多次联系我，问我有什么需求尽管说之类的。在异国他乡，初次相见，遇此盛情，别有一种温暖！

那一天，因为车辆安排有限，我与初当助手的小浩是分头行动的。我去了佛罗伦萨，他则与大部队去了威尼斯。回来后便是连续几天的紧张工作。

活动的最后一日，我的工作任务完成，总算可以好好休息了。

而小浩认为，即使比较疲惫但也不应该把最后一天浪费在床上。他去过威尼斯，执意要陪我去一趟，觉得我到了意大利不去那儿，有点遗憾。我并非不想去，而是车辆、翻译、调度对我们来说并不轻松。本来组委会的工作就超紧张的，我无意再去添麻烦。在小浩的坚持下，最后拟出一个最佳的行程方案，即打车去火车站，坐火车去威尼斯，即省时又省钱。那里打车需要预约，不是随时就可打着。组委会的工作人员为我们约好了车，只是，上了车，后面的事情就得全靠自己了。

费了一番周折，总算是上了火车。小浩胖，200多斤，把他累得够呛。打票，检票这些事情都是他去对付的，他也不会英语。终于寻觅到一位华人帮助才算顺利上车。上车后，他一个劲地说道："我三年前就发誓一定要学好英语，回去后，我一定要好好学英语！"我笑道："意大利，会英文也不灵。"

说实话，我若没有助理带着，便成了"无头苍蝇"一个，肯定回不来。专注于事业使得自己很多基本生活、生存的能力都退化了，也难为了小浩。虽然小浩问了我好几回，说昨天陈福强先生不是说威尼斯有朋友吗？要不联系一下之类的。想想前日的事情，我实在开不了这口了。我把一切希望都寄托在小浩身上，因为他眼亮耳灵，连讲带比划的，即使讲中国话跟外国人一会儿也能成为朋友。其实这也是实在没有办法的办法了。总之，这个旅游的过程是不踏实的。

没想到，刚上船，曼托瓦华侨华人商会主席叶正勤先生与维罗纳华人华侨总商会副主席陈角飞先生先后给我发来微信，都是问我们在哪儿，有什么需要帮助的。我这才提出来，回程到了火车站可否来接我们的愿望。终于，我们可以安心地领略这世界闻名的水城——威尼斯了。

到达火车站，已是下午五点半，陈会长因现场有其他事务，暂时走不开。是商会监事长马强老师与叶会长两人来接的。叶会长本来有急事，老早就要出发的，为了与我们见一面才拖到这个点。他请我们吃比萨，喝意大利啤酒，未聊尽兴便匆匆地赶往50千米外的城市了。

不一会马强老师的夫人也来了，两位热情地邀请我们吃晚饭，我们表示刚吃过比萨不用麻烦了。而他俩说道："这几天，你们肯定吃得不习惯，我带你们去吃中国菜，也是咱们会里的，尝尝国外的中国菜吧，难得来一回。"

这话说到我们俩心坎上了。这几天，天天面包奶酪的，确实吃得有点往外冒了，也就没有太推辞。我们来到他们所说的这家叫"老地方"的中餐馆。老板也是商会的会员，很热情。他招呼完后便亲自驾车带着几十份炒饭直奔我们的住处，也是为吃不习惯意大利餐的团友们热心准备的。

我们四个人在一个包间里有说有笑，十分愉快。这算不上应酬，而且这种感觉是在国内很少能遇到的。席间我们畅谈了一番，我问道：

"嫂子，马老师，你们来这多久了？"

"快30年了。"

"刚来的时候也不习惯吧？"

"就是啊，语言也不通，文化又不一样，地方又不熟，真是很不容易的。我们现在只要看到华人有需要帮助的，我们都特别愿意帮忙。因为在国外，刚刚开始是特别难的，我们深有体会。"

“那你们多久才适应这儿的生活？”

“七八年吧。要学语言，了解这里的方方面面，学开车，学这学那的。不是打小在这里的，成人学什么都慢。”

“七八年……”我和小浩相对而视。

“不过，意大利挺好的，风景、空气、饮食都很好，比国内强，压力也不大，国内人太多，争啊抢啊，到这好像都没有了。”

“很难说，苏先生。你只有在这儿长期居住才能有深刻的体会。华人在外很不容易，即使你拥有这个国家的国籍了，但是你的中国面孔是改不了的。改不了，往往就会受到不公平的对待。比如，华人很勤奋，通过自身的努力得来财富，而他们不这么认为。他们看到你开好车，住好房便会不平衡，就会故意查你的这个那个，对你特严，有时甚至是刁难。尤其是经济情况不好的话，首先就会拿华商开刀……”

“那还不如国内了？”

“现在国家强大了，还是好一些了。当然，也有好的一方面，任何政策都是两方面的，这里上学与医疗都是不要钱的。”

“这里房价如何？”小浩问道。

“如果啊，你在北京有房把它卖了，在这儿也许能置一个别墅，当然也要看地方啰，总的来说房子还不算贵的，你们要投资移民在这，买套房就会给你居住证，房子永久属于你，不过，税挺高的，而且其中陷阱也挺多……”

总之，我们说了很多很多，饭也吃得特饱，酒也喝得特足。这种交流似乎是中西文化的非正式探讨，使我们也比较深入地了解了一番国外的情况。

我问道："马先生，你们打算一辈子就在这儿了吗？"

他说："已经是一辈子啦！"

"我们还是想老了回中国老家。"嫂子补充道。

离别时，我回头看了一眼餐馆。小浩用手机给它拍了个照。

"老地方"——我永远都不可能忘记它了，只是不知什么时候再来，来时它是否依旧？

一路上，马老师播放着老歌，行驶在去我们住处的高速路上。车里播着毛宁的《涛声依旧》："带走一盏渔火，让他温暖我的双眼，留下一段真情，让他停泊在枫桥边……涛声依旧，不见当初的夜晚……"那一刻，所有的疲惫已烟消云散。

《围城》里有句话"城里的想出去，城外的想进来。"其实城里城外同是一片天，心在哪，家在哪。

我突然想到了电影里的乌桑，心里有一种说不出来的滋味。

（三）

那天正值中秋佳节，我透过车窗直直地盯着那圆圆的海外的月亮。这几天辛苦的历程一一闪现在眼前。组委会主席陈平女士，是最辛苦的人。无法形容这个活动对她身心上的考验。这位杰出的东方女性，侨居德国已 20 多年，为推广和保护中国文化在世界各地奔走多年，可谓呕心沥血。她在用生命践行着自己的使命，一切源自一颗纯粹而火热的中国心。她是这次活动中最耀眼的明星，是让人最感动的一位。因为她，让我们有缘相聚；因为她，让五星红旗挂在异国的城市；因为她，海外华人一家亲……

2016.9.24 晚

感受篇

Gan Shou Pian

30 结果

近日，电影导演赵小僮先生邀请我为他的影片画片头片尾，片名叫《给你点颜色》。

电影由著名演员杨童舒小姐和莫少聪先生主演，讲述的故事内容也很有意思。大致讲一个女作家为自己设计未来的人生并反复修改设计方案的这么个故事。至于她到底憧憬了哪些未来，又为何一改再改，导演似乎在保密。

是的，如果说内容全知道了，就没有意思了。这是高明的导演，知道如何调动别人创作的激情。我想这或许也是故事中女主人公为何一改再改设计方案的问题所在——她所谓的设计是已知的结果，知道结果的设计是索然无味、索然无望的。就如听相声，如果已知道结尾的包袱，那么前面的铺垫是毫无意义的、是乏味的。生命的意义和激情也在此，充满无数的未知反倒更有意思。

我想起培训班第一期的一个学员。这位学员是一名漫画家，很年轻，家境不错，有一份让人羡慕的工作，在国内最大的新闻单位

做美编。平时他是开着小跑车来学沙画的。我曾问过他为什么想到学沙画，他说当他看到五六十岁秃顶的主编在他身边走过的时候，他有一种莫名的恐惧，似乎是自己未来的结果。我知道他是在尝试着设计自己的人生，让已知变得未知。但我又想，其实又有多少人在憧憬着如他这般的人生状态，那是很不错的结果了。或许，沙画的魅力也在于可以一改再改，抹掉重来吧。某种意义上来说这也算是对生活的一点启发与慰藉吧。

我们往往会有对时间流逝的感慨，多么怀念过去的岁月，恨不能回到从前。但矛盾的是，你真的愿意再来一次吗？再来一次还是这个结果吗？还是这个结果你满意吗？我们往往会有对未来的憧憬与畏惧，期待有个好的结果，恨不得忽略掉一切过程，但矛盾的是，你真的希望是那个结果吗？愿意忽略掉所有过程直达结果吗？没有那个过程会有那个结果吗？

刘震云先生《一句顶一万句》中的主人公杨百顺，卖过豆腐、染过布、挑过水、破过竹子、种过菜、冒充过基督徒、卖过馒头……连姓名都改了两三遍。这个过程皆是在喜与悲中交集着、纠结着，那是在用血与泪，用生命去设计与修正人生的结果。那样追求结果的过程是沉重的，哪里能比用一把沙子涂改来得轻松、自在、淡定。我忽然发现沙画如此吸引我的原因了——它充满很多未知；过程单纯而愉快；然后自己还能跳出来审视结果；结果就是过程；大不了再来一回。

电影可以，沙画也可以，但现实中的人生却是不可以重来的。你修改不了逝去的，也无法预知未来，但未来的设计方案或选择却是多样的。可是奈何多则惑，奈何五色令人目盲！因此选择决定了结果。人与人选择水准的高低在于眼界、意识界的不同。还有更高的境界，佛说：心无挂碍，无挂碍故无有恐怖，远离颠倒梦想。最终的答案是否满意还在人的心，那就是平常心、知足心。

既然不能重来，那只有尽力地提高眼界与意识界，也尽量修得心无挂碍。

我很享受创作作品之前的收集、学习、思索、整理的过程；我很享受表演沙画作品时淡定、从容、大气、自然的生命体验。及至终点，不为结果亦有结果，却无悔无憾。

2011.11.1 北京

31 有感燕园行

2011 年 7 月，我受邀参加北京大学的毕业晚会。晚会由校团委主办，虽不算高规格大制作的活动，但作为唯一被邀请的表演嘉宾我还是深感荣幸。

北大校园，我去过几次，除了几处常人都熟悉的风景，如博雅塔、未名湖、图书馆，再无别的印象。校团委派了一位年轻的朋友来商量作品的创意。哈，好像我有多老了，一位个子比我高的 90 后，两只清澈发亮的眼睛，十足的认真劲，真诚自然里透出的稚气扑面而来，让我顿感时光流逝之快，我也到了而立之年了，却好像昨天才出的校门。

没等他开口，我便将创意铺开："北大，我去过好几次，比较熟悉了。我的画面中肯定会画出博雅塔、未名湖……"这位年轻的朋友谦逊的，有所迟疑的，然后又坚定地说道："大宝老师，其实我们也想表现一下猫、自行车、荷塘的场景。"我用略带专业的口吻说道："猫？自行车？画那些不够美，也不是北大的特色。"他执着地说道："大宝老师，能引起我们共鸣的就是这些不起眼的角角落落，我们每天生活在这里，对每一处角落都充满感情，别人不太注意，可我们很亲切，比如猫，那也是北大的一分子。"我相信他说的，我也同意将这些入画，就冲他那股认真劲儿。

不愧是名牌大学的学子，组织工作做得井井有条。导演、演员、音响、舞美全是学生。每位同学对待工作都非常认真，很有责任心。

彩排结束后，我看看表，还有时间，正好再逛逛。

我想，这次与以往不同，我会用另一种心境去欣赏这个似熟悉又陌生，近在眼前，似乎又很遥远的，也令多少学子们梦寐的幸福天堂。

湖如镜，柳如烟，人若闲，好一派庄严宁静的逸境。这是我每次来北大的印象。

这一次，我发现了很多新意。尤其是以往疏忽的“猫先生”们，的确，它们也是北大的一个“社团”。憨态可掬，自由自在地漫步在优美的燕园，真是让人羡慕不已。偶尔一只，它直勾勾地盯着你，并不怕人，如学者般做深沉状，久之，你倒是不敢看它了。更有甚者，怡然自得，横卧树荫，背靠参天古树，一幅庄周态，或许它也能梦到蝴蝶的。同行说得好，“北大的猫都有文化内涵。”

校园内有些楼房并非有特色，很普通，底下一排排自行车，我想那楼就是宿舍楼吧，一般人不大注意，然而在北大学子们心中这就是“家”。我也突然发现北大校园自行车也是川流不息，偶尔一传说中的北大美女穿着朴素而又清新的连衣裙迎风飘来，转瞬而过，留下一溜迷人的青春气息。以前来北大似乎只感觉名车、好车才是这名校的附属。如今，我倒认为自行车与这宁静的世外桃源更匹配。人有时是很感性的，带着某种情节或情绪，可能眼中之物往往不是心中之物了。

荷花是我最喜欢的植物，荷塘是我的最爱。

在北大的未名湖边，如果你拍照，真不知该如何取景，抓来抓去，生怕将美有所遗漏。还不如随意一拍，快门一闪，果真，美景！荷叶在微风中翩翩起舞，未开的莲苞水嫩欲滴，犹如芭蕾少女亭亭玉立。如烟柳色为幕布，鹊群喳喳作交响，胜过任何一台华丽的歌舞盛会。大石旁，柳树下，一对同学情侣，若嬉戏，若交流，似咏诗，实谈情。此情此景，我只恨手中无画笔纸稿，真想亲手将这瞬间化为永恒。

晚上的正式演出，我的画面中展现了一幅幅耳熟能详的燕园美景，掌声延绵。尤其画到猫，画到宿舍，画到小鸟，台下的掌声不时伴着“哇、哇”的叫好声。当我画到未名湖畔一对情侣的时候，大家更是会心地乐开了花。没错，这就是他们在北大几年里最朴实、最深刻的生活，这些片段也是最能荡漾起他们幸福浪花的瞬间。我相信那些个不起眼的角角落落，同样也是他们人生中最永恒的记忆。

活动结束，我颇有感触。

我羡慕他们能在如此环境中享受学习、享受爱情、享受生命。

但那终将有尽头，从他们的泪花中，我感受到了别离的心酸。学习是一辈子的事情，哪里都是学校，心中有个美好的环境才是最永久的享受，我祝福他们！

我在北京，老家有的亲朋或好奇者以为我就住在天安门旁不远；我参加各种重要活动，有人以为我似乎与重要领导、企业家就是哥们儿；上的电视多了，居然有传言说我资产上亿。想来真是忍俊不禁，解释是没有意义的，很多时候，人们只把自己想当然的当事实。

其实，工作也好、学习也好、生活也好，真正感人的，值得回味的，真实可信的，往往还是那些不起眼的、质朴的点点滴滴，那才是永恒的。

32

看见自己

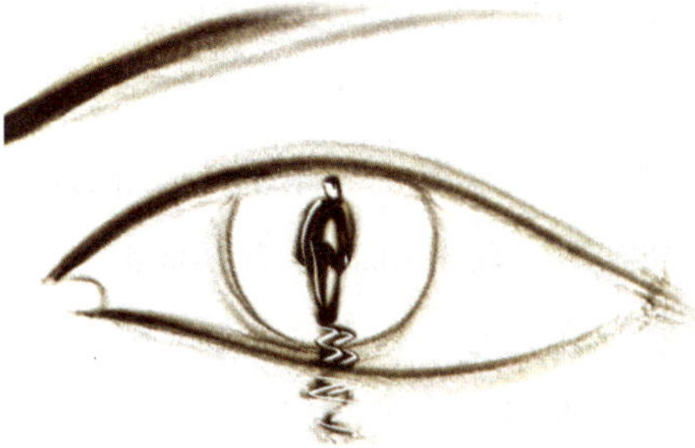

邂逅科比，让我重游故地。

活动在湖南大学体育馆举办，因为球星科比的到来，馆外早已人山人海。彩排结束，我好不容易“突破”人墙，猛吸了一口熟悉的空气。

十二年前，我在湖南师范大学接受高考美术培训。学习之余，我经常从师大山后抄小道直奔“岳麓山”顶，然后，走另一条宽敞的旅游道下山，山下便是湖南大学。

下来时途经爱晚亭，那是我当年最爱驻足的地方。坐在亭间，油然而生自豪感——这可是毛主席年轻时与同学们聚会的地方！今天，我再次来到此地，仿佛看见那时懵懂的我坐在亭下遐想、思索的样子。那时我总爱想着毛主席与同学们在谈论些什么？他们都曾迸发出什么样的激扬文字？是如何指点江山的？他们真能看到美好未来吗？“粪土当年万户侯”，那是何其宏大的自信啊！

在苦闷、毫无方向感的时候，我总爱静坐在爱晚亭中，不在于思考前方在哪儿，有多远，而在于补充些许自信。十二年未曾去过了，可我时常在心中的爱晚亭中静坐。

再往下走，过了爱晚亭，就到了闻名遐迩的岳麓书院。我从未进去过，和当年一样，我在门前，怀着无比崇敬的心情端详着这位“老者”。略有沉思，稍有感叹，我便离去。千年的学府，文化的象征，在我心中有座完美景象的书院，我愿将这份神圣与神秘一直保存，直至有一天我通过努力，寻根溯源，细细品味，能与之共鸣，真切走进文化的殿堂。十二年前，我未曾进去，十二年后我还是没有进去。千年学府的大门永远向世人敞开，而我更愿走进他心灵的大门和学问的怀抱。

过了岳麓书院，再往下走就是东方红广场了，巨大的毛主席雕像屹立在中央。不知“他”是否寂寞，即便每时每刻都有人热情地以他为背景留影。可今天，更是显得孤独。人潮涌动，不是因为他在招手，也并非红色记忆的排演，而是来自大洋彼岸的一位超级球星。我想这是他们当年怎么也没有料到的情景吧。

有人哭、有人笑、有人喊、有人叫、有人跳、有人闹，山雨欲来，人声鼎沸。毛爷爷当年出场的气势也莫过如此啦。他会不会感慨时代的变迁？至少他是会感叹时光的飞逝。

广场斜角有一座不起眼的“自卑”亭。当年我疑惑不解，在大学校园中央为什么要立个“自卑”为名的亭。上大学多好啊，自信才对嘛。

时光转瞬，我也颇有点经历，有些人生感悟了。今天面对着这座当年让我疑惑的“自卑”亭，我恍然大悟。那时，我是抄小道登顶，从山上往下游。正常的路线一般都应走大道上山，从“自卑亭”

开始往上游览的。据说古人到此，无论贵贱都要下马，以示谦卑。一个自然而又深邃的道理：“若要登高，心要谦卑。”我走的路与众多人不一样，当然无法明了此“自卑”二字的用意了，可平心而论，“谦卑”二字却在我心中打下烙痕，或许是与自然融为一体的校园氛围感染了我。在爱晚亭前，在岳麓书院，没有人不会“谦卑”的。现在想来，怀抱谦卑，我这一路上便多了不少师长、朋友的殷切教诲与热心帮助，他们一直不断地充实着、丰富着我的人生。

在“自卑亭”前，我又看到了一个“稚嫩、可爱”的自我。

亭的旁边就是体育馆了，可笑的是，当年经常路过这么大一座建筑，我居然没有印象。或许是我从来不太关心体育，对体育活动也不大感兴趣的缘故吧。除了这座体育馆，其他景点都能撩拨起我心中的涟漪。

可十几年后，却是这座我曾熟视无睹的体育馆举办的我并不太感兴趣的体育活动将我带回了故地，带回了时空隧道。人生路上有多少的不可思议，又有多少瞬间让我们不经意间疏忽了。

有幸与于丹教授在一次有关旅游主题的活动上有过合作，并记住了她一段精彩的语句。她讲到旅游分三个层次，第一，遇见一处风景，一个地方；第二，遇见一种生活方式；第三，遇见一个全新的自己。

故地重游，景色依旧迷人，第一层我早有体会。湖南大学坐落在青山绿水、文化厚重的麓山脚下，在自然中进修，在谦卑中完善，是多么纯粹而令人羡慕的生活方式，第二层我略有所得。

哈，这一次，我真的看见了自己！

2011.7.26 北京

33 三个片段

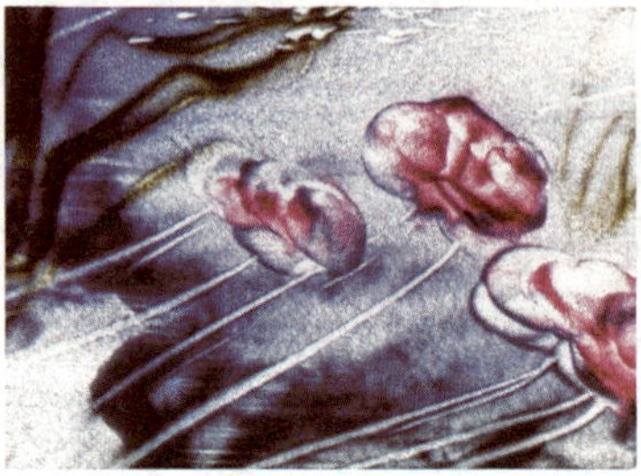

我有一颗好奇心，因此接触过不少好玩的事物。有的虽难登大雅之堂，但非常有趣。

“夫子之道一以贯之”“治大国若烹小鲜”，万物一道，小事也能见大道理，大事也不离小门道。不分事物的高雅与低俗，能做到一定境界都需要尽心尽力的。贵在小能见大，大能化小。

口技片段

大家好，我叫大宝。虽然其貌不扬，但身上有绝活。

有什么绝活？

天上飞的，地下跑的，水里游的，凡是能发出声音的我都能学得惟妙惟肖。

您不信？那我给大家讲个故事。

前不久我去了趟动物园，动物园里头真是热闹极了，您猜怎么

着？动物园里正举办“联欢会”呢！

头一个上台表演节目的是谁呢？

猴子。

猴子！毛手毛脚的猴子能表演什么节目呢？杂技、敲锣、翻跟头？

那都过时了，今天它表演的是二胡独奏《二泉映月》。

（先猛然来一个孙猴挠痒的动作，然后拉开二胡独奏的架势，但不失猴子的身段。接着口技表演二胡的声音。此处肯定有掌声，间带笑声。）

狗熊不服气啦，每次都是我开场，今儿个让猴子抢了个头，我来。狗熊来了个看家绝活——唢呐《喜洋洋》。

（口技表演唢呐的声音，突出笨重的身姿，此处一定有掌声。）

接下来是祖孙三代的摇滚表演，首先有请狗爷爷，（口技，老黄狗的声音，沙哑，浑厚。）有请狗爸爸，（口技，大狗的声音，声壮，有力量。）还有我们的主唱小狗。（口技，小狗叫声，清脆，节奏快。）（此处有笑声）

准备好了吗？（口技，狗喘气的声音，此处有笑声。）——开始！

（口技，架子鼓的声音一通，然后以狗叫声收尾，反复来三通，以不同的狗叫声收尾，此处有掌声和笑声。鼓掌声结束，立马来一通完整，有气氛的架子鼓表演，最后以小狗连续激烈的惨叫声结束，此处有热烈的掌声、笑声。）

您猜怎么着，小狗太激动了，一不小心打着狗腿了，哈哈。

接下来上场的是，动物园里最令人羡慕的伉俪，大花公鸡和母鸡的男女二重唱。有请。

（模仿公鸡走路的姿态，腿脚有弹性，挥挥翅膀，此处有掌声。然后，口技，公鸡打鸣三声，做出一副深情款款的样子。此处有掌声与笑声。）

（口技，母鸡叫，前面缓，沙哑点，然后越来越响亮，直到不间断的母鸡下蛋的声音，此处有掌声与笑声。）

我们的通俗歌星，“唐老鸭”也来了。（模仿鸭子，摇臀摆尾，口技鸭子叫两声，很绅士地行个礼，此处有掌声。）

他将为我们表演《康康舞曲》。（口技，配上康康舞的伴奏，用鸭子声唱“嘎嘎……”，此处有笑声与掌声。）

最后上场的这位歌星，是我们的台柱子——百灵鸟（口技，小鸟的叫声，有节奏的，欢快的，此处应有两三次掌声。）

这是一只非常漂亮的小鸟，有一只公鸟看上它了，想请她吃饭，问她去不去，（口技，去不去，此处有笑声。）它毫不犹豫地表示拒绝，不去不去。（口技，不去不去，此处有笑声。）那公鸟不死心，单腿跪下来求她，去吧，去吧。（口技，去吧，去吧，此处有笑声。）它头一甩，撒着娇，不去，不去。（口技，不去，不去，此处有笑声。）公鸟生气了，我好歹也是个富二代，这么不给面子，（口技，你去不去，去不去。）吆，还动手了你看看，（表演动手打一下对方。）母鸟也怒了，（口技，不去，不去，就不去，就不去……拜拜。此处有激烈的掌声。）飞走了。下次再见！

魔术片段

空手出牌，瞬间遁牌，让一张牌在手中若有若无。这个技巧是让人惊叹的。很酷！

掌握它的诀窍其实不难，说起来就麻烦了。先说空手出牌，其实是藏在手背的牌，夹在小指与无名指指缝和食指与中指指缝之间。表演时手向空中一抓，在运动的过程中将手掌蜷起，牌自然出现，然后迅速地通过大拇指托住牌向掌腕方向拉，直至两个指缝夹住牌的另外一头便成功了，速度一定要快，快到如空手变出一般。如果让观众看到是后面过来的就算表演失败了。

而遁牌的原理与出牌正好相反，由大拇指先外推牌根，推至两个指缝夹住牌头而又不露牌沿，然后迅速翻到手背后就算完工。如若要表现前后无牌，或若有若无，便是两个技术的反复变化。而且还需要掌握一定的视觉角度去转变。

说到这里，我自己也懵。说得再细也无济于事，文字究竟是有局限的，反倒容易让人产生迷雾。所以，百闻不如一见。见，才是学习最直接、最有效的法门。见了之后，你才知道这个技术有多简单。

可是，知道诀窍就能掌握？肯定不是的，有很多人以为见着就等于会了。这完全被自己盲目的自信给蒙蔽了。

当我知道这个诀窍后，我花了整整三个月的时间才将它掌握。不分昼夜，死练、死练、再死练才大功告成。有些东西来不得半点侥幸。唯有脚踏实地方可步入成功的大门。但我认为通过这次的练习掌握这个技术，真正的收获在于坚定“坚持”的力量。为此我又以这种态度学会了很多魔术技法，很酷。

做小事亦能磨炼人的意志。到如今，凡是需咬牙以对的事情，我都会欣然接受。

熬着，熬着，希望的曙光就出现了。

还有一点，我发现画画写字也是这样，也不能光看文字和理论。

吹气球片段

我说的吹气球也是一种表演。是用长条的气球充气后编织成各种小动物或玩具的技术。我也掌握了很多花样的编织技术，也曾在舞台上为自己的表演增色不少。

因学美术出身，编个花样，来个小创意不在话下。当初学习这门技术难点在于“吹”。

对，一口气吹起那长条的气球，更厉害的是能根据所编的花样一口气吹到合适的气量。不要小瞧这细细的气球，两米的大个子，两百斤的大胖子也未必能吹起来。

好多学习者因吹不起来便放弃了吹，改用气筒打，但那样失去了互动的环节，节目也失色不少，我下定决心要将它吹起来。

头一回，我使出吃奶的劲，只吹得两眼发黑，脑袋一懵，坐在地上。我不算高大威猛型的，但我决不放弃，屡败屡战，终于在一个星期的努力下成功。而且能一口气轻松吹起来好几个气球，可以说不费吹灰之力，嘻。

其实，吹那气球跟人的体态、肺活量毫无关系，在于第一口气的爆发力。而没有试过的人大都被自己的经验给挡在了门口。都以为关键在“吹”的持久性，实则在第一口气的爆发力。我通过一个礼拜的尝试终于试出了这个窍门所在。

爆发力，有时还在于心理，是否敢于跨出那一步。

2013.11.19

扫一扫　精彩沙画视频　马上呈现

音乐提供：航天国乐室内乐团

高山流水

34 生活——灵感的源泉

我在窗外的空地上种了一棵黄瓜、一棵西红柿、三棵玉米和一片紫苏。

儿时，我有两年时间是在乡下外公家度过的。父母工作繁忙，加上弟弟的出生，实在是照顾不过来，不得已将我寄在了乡下。那时我才两岁多，虽不太记事，可当时哭喊着追父母的情景却是有着清晰的记忆。我哇哇哭着追了1里多山路，终是没追上……沮丧失落的情景，历历在目。

慈祥的外公，将伤心至极的我抱了回来，送了我一根特大号的黄瓜，那黄瓜大得让我抱着直晃悠，就像是现在的小孩抱着一特大号的玩具熊，我破涕而笑了。两年之间，我不知吃了多少黄瓜。煎的、炒的、拌的、生吃的，无一不爱。全是外公给我准备的，我似乎已经忘记了还有父母……

我特意在窗前种下一棵黄瓜，可直到结果时才发现，不是那时的黄瓜，品种有别。也吃了好几根，并与朋友分享过，虽有收获的滋味，可再也回不到那时的清甜了。

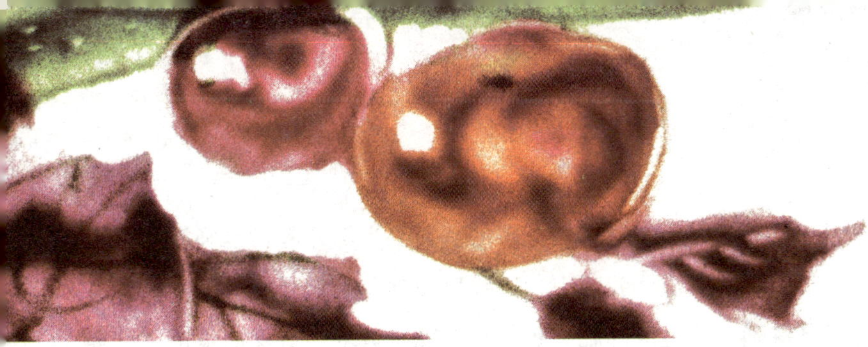

最近常看诸如《老子》《庄子》之类的书。给我最大的感受是生存与发展须道法自然。我在想，是“自然而然”吗？我种的这棵西红柿给出了答案。

长得约一人高，冠径约两米，算是种得颇为壮观的西红柿了。从小苗到现在，我任其自然生长，倒也没令我失望，长势喜人。可偌大枝干，却未结什么果实，让我甚感疑惑。难道西红柿“先生”努力奋发的生长，到头来不会有结果？

后来，友人告诉我，那西红柿长到一定的时候应该将顶端的芽头去掉，不能让枝叶盲目地消耗营养。我恍然大悟，道法自然并非“任其自然”。

我想学习也好，生活也好，在心态上可以顺其自然，在执行的时候也须从实际出发。虽然人生就是一个过程，可在美好过程的体验后还能享受生命的果实岂不更美。老子说：“道可道，非常道”，一开始就点拨了，看我这悟性！还好，种棵西红柿让我若有所悟。

一次倒垃圾，我发现三棵小苗，与垃圾箱周围的小草稍有别。出于好奇，我将它们移植到了窗前地里。没两月，这苗长大、吐穗、结果，是玉米！我很得意，似乎我是“伯乐”。不知它们是否对我有感激之情，不过我可不是想吃玉米才对它们施善心的。

一棵好苗，需在好的环境中才能正常的生长，要是没有人发现它们，可能谁也不知道它们蕴藏的真谛。当然，起初也确实是它们区别于小草的气质将我吸引，让我鬼使神差地做了回实验。我感叹它们坚持到了幸运的降临。我后来发现垃圾堆旁有棵西瓜苗，没有施以援手，再过一段时间后，与野草一同被收拾掉了。草亦如此，何况人呢，命运，谁能预知！

去年秋，去怀柔度假，在农庄中偶然见到紫苏，让我欣喜不已。向庄主讨要一棵，连根带土包回来随即种下。

北方人几乎不吃紫苏的，市场上也难买到，殊不知此物味美异常。若是鲜鱼汤中略施几片，那真是回味无穷。与黄瓜或冬瓜拌炒，也别有素香。

到了冬后，紫苏的杆叶全枯，我以为作罢。至第二年春，居然发出了一大片。我感到欣喜，更是敬佩它们的生命力。它们蓬勃生发，让我这十年来头一次狠狠地享受了一番紫苏的美味，几位同事也跟着不知饱了多少回口福。可是，我并没有对它们有过特殊的关照，任其自生自灭。美味对谁都有吸引力吧，紫苏遭遇了大批害虫的侵袭。同事们老提醒我，说紫苏叶子被虫吃了。我倒是很淡然，好吃就多吃一点，大家一块吃。捉虫？没时间，施药？那就不天然了。眼见着叶子没了又长，长了又没，一切顺其自然。而它们长得越来越茂盛。我坚信他们明年肯定会发出更大的一片，因为它们经得起任何考验。

前不久，湖南卫视《艺术玩家》给我做节目，除了现场录制还需外景拍摄，主创人员来到工作室，我以为拍拍画室环境而已，没想到我这些个随种之物倒引起他们的好感，并且将我与这几样植物特拍了一番。我佩服他们的工作态度，务实、细心、灵活而又富创新精神。

“你是热爱生活的人！”他们这样评价我。

35

余养鱼

余不爱鱼，从未养鱼。

换了新地方，为给室内营造点氛围，便开始养鱼了。

我特意购置了一个时尚的白色大缸，缸内放置了几十尾锦鲤（卖鱼人说最好养的就是这种鱼了）。这些锦鲤是我精心挑选的，大小不一、颜色各异，总的来说，以红色为主（红红火火嘛）。

为买鱼我也是头一次在鱼市悠游浸泡了一番。别的不说，光这鱼的种类可让我大开了眼界。好多古里古怪的鱼，越古怪，价越高，还越好卖。它们被高高“供奉”于台架上，尊显着华贵，十分吸引人。有人花几千块请了一尾“瞪眼金刚”。我为他捏了一把汗，就好像有时替街上开豪华跑车的车主着急一样，若是我有一辆保时捷、劳斯莱斯，搁哪我都不省心的。

锦鲤，最为普通了，被搁置在地上的水槽中，也摆明了它在鱼中的地位。我暗自斟酌，它应该就像餐桌上的“可乐”，虽不是XO、人头马，但点它也不太显寒碜，大不了说好这一口而已。我花了一百多买了几十尾，其中还有好几尾大的，高兴得不得了，心想

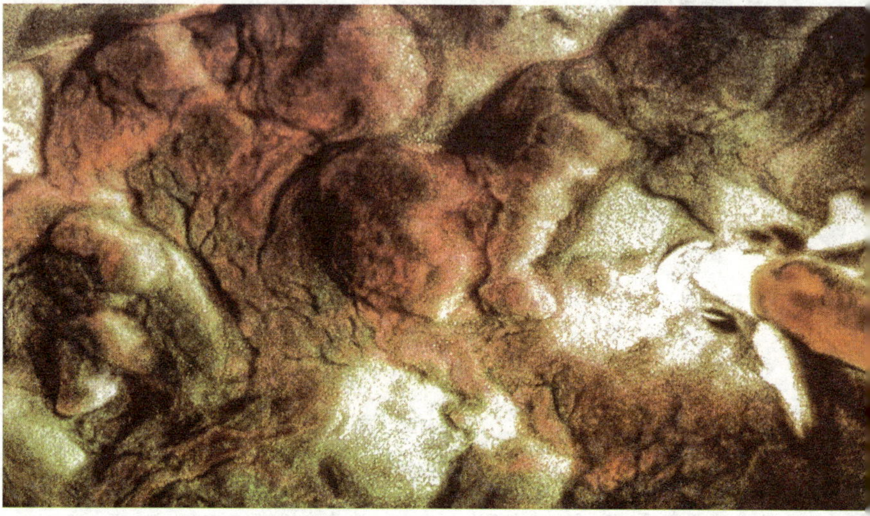

这才叫值。付完账，不忘神情自若的、以行家口吻道：“就它最好养！”那老板估计没听到我说的，话刚落音，他顺手抓了几尾水槽中的小锦鲤一扔，“嗖”，我的眼睛随着抛物线投到架上的大鱼缸，“咚咚咚”鱼儿掉了进去，它们还来不及反应，几尾凶神恶煞的“瞪眼齿牙大怪物”已将它们撕扯得支离破碎。我瞠目结舌，情不自禁地说了句：“太残忍，太残忍，阿弥陀佛。”转身便走。

望着这两袋鱼，心想：你们这群鱼，碰到我算是走八辈子运啰。

说实话，我占了点小便宜，就是买锦鲤之前，鱼老板送了我一尾鱼苗，不知是什么鱼，他说就这鱼苗也得四五块。我想该不会是“大怪物”吧。脑袋里浮现了这小苗到大怪物的成长全过程，不免有点小刺激，迅速完成买锦鲤的交易。

回来我立马将锦鲤投入大鱼缸，而这小鱼苗我放在一个水培栽中，一投进去就看不见了，因为它太小，不到两厘米而已。

养鱼的初衷不在鱼，在缸也，我是冲着给屋子里添点水流潺潺的声音去的。大鱼缸的循环系统的水流声甚合我意，估计能给工作室增添点宁静与幽远调调。可当我看到这满缸活泼翻腾的鱼儿时感觉收获了意外之喜，还有点感动、有点着迷了。同事们也觉得新鲜，好像整个屋子都活了。于是，我对这群鱼儿关照有加，不时喂喂。同事说鱼儿不能老喂，只能饿着，否则会撑死的。我不信，老饿着人家多可怜。隔三岔五的还换换水，加个水草什么的，想着法儿给它们改善环境。可没多久，这鱼儿开始有序似的每天死一两条。为此我大伤脑筋，更是大费周折。上网找病因、向专业人士请教、去超市买药水，都无济于事。而且药水一倒，鱼儿死得更快更多。最后无奈，全捞出来放生，这才松了口气。我确实是不爱鱼的，可这回为鱼真是心疼了一把。

有一天，同事惊忽："快来看！"我急速赶到那水培栽旁。不经意间，那鱼苗已显现了其祖先遗传的体貌特征。我这才记起原来还有这么个小东西的存在，那些个围绕"好养的"锦鲤转的日子早将它忘却。

之后，它成了一宝，我对它更是疼爱。虽不是常常喂食，但两三天便喂喂它，从不间断（合理、规律的饮食才健康嘛），偶尔还给它加点蟹黄之类。至于水我可不敢勤换了，上次的痛苦历程让我吸取了教训，养鱼的知识也颇储备了些。每天我开心地敲敲玻璃盆壁与它打打招呼，它也很乖地扭扭屁股，像个可人的"小京巴"游到我眼前，它还悠游在我的心海，两个世界隔着玻璃通过眼神交流、共振。我十分得意和享受着与它共同成长、悠游的时光。

一年后，那鱼终于长成了，不是什么"怪物"，是一尾漂亮的热带"孔雀尾"。长不大的，顶多5厘米长。长成的孔雀尾也才值两块钱，看来我上当了。不过我还是非常喜欢它。它还真是挺像孔雀的尾巴，五颜六色，甚是好看。它悠哉闲哉，已是生命的最佳状态。好笑的是我，像一位为子女操心过度的"母亲"。有时我忍不住想：它是公的还是母的？是不是要给它找个伴？多可怜，一出生就被带走，自己都不知道自己是谁，从来没见过同伴，甚至都不知有同伴的存在……

可那鱼依旧闲哉悠哉，比我快乐。

人与动物是可以"交流"的，通过养鱼我深有感触。

庄子与惠施游于濠梁之上，庄子曰："儵（tiáo）鱼出游从容，是鱼之乐也。"惠子曰："子非鱼，安知鱼之乐？"庄子曰："子非我，安知我不知鱼之乐？”惠子曰：“我非子，固不知子矣；子固非鱼也，子之不知鱼之乐全矣！”庄子曰：“请循其本。子曰‘汝安知鱼乐’云者，既已知吾知之而问我。我知之濠上也。”

庄子是大智者，我认为他并非故意诡辩，若不是真正懂得鱼儿之乐，他是不会去养鱼的。他知道，人的快乐缘由，无须借养鱼为乐，心若是海，纵然体态如鲲之大，依旧悠游自在；他知道，鱼是真正快乐的、纯粹的，它们自由自在，不必为人而活，不担心人为的干扰与破坏。鱼儿本就不在意是河里还是缸里，他们在哪里都是逍遥自在，它们心中也有一片海。往往是我，即便初衷是好的，但百费周折到头来纠结不堪、徒劳无功。我为曾经养过的鱼儿和那条孔雀尾感到惭愧；我也为一息尚存悠游不止的鱼儿表示敬意。

我忽然想到一位远方的朋友。表面看来，她拥有令人羡慕的所有。但她认为自己是在纠结、挣扎、期盼、失望中为人为己而周折。我在想，如果河里的鱼或海里的鱼也像人一样有颗纠结的心，那还能感受、知足于自在悠游的所在吗？因此，在河里、海里或是在缸里并不能决定“乐”，心中有条自由的河、自由的海，顺其自然做逍遥游才是幸福与快乐的根本。

那日梦中，余是鱼，自喻适志与！不知余也。

2012.3.2

扫一扫　精彩沙画视频　马上呈现

音乐提供：航天国乐室内乐团

后羿射日

36

我要学车

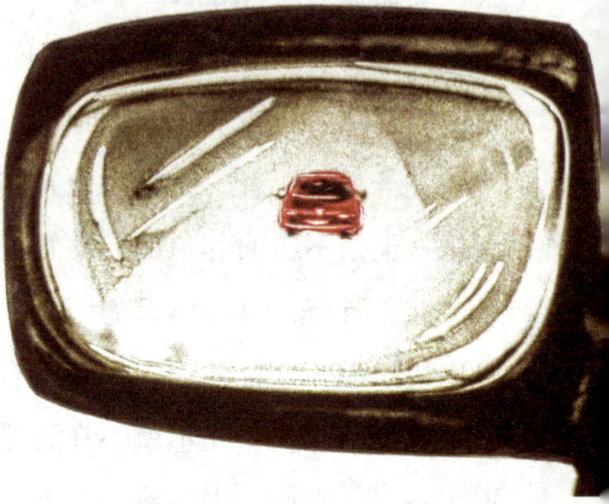

“呼”，一辆崭新的保时捷从我们身边呼啸而过。“视觉暂留效应”顿时印证在车尾那翻滚的尘嚣上——摩登、华贵、超酷的美女，时尚的墨镜丝毫挡不住那股无所谓的盛气与风采！我下意识地摁了两下喇叭，象征性地表示了抗议。

于是，老婆嘟着个嘴，又一次向我抱怨：“老公，我要学开车！”

我定了定神，严肃而又认真地开始了新一轮的“思想工作”。用的还是那一个套路，而且依旧语重心长。

“一次，我行驶在南四环，远远见一辆四脚朝天的宝马横在路边。环顾四周，并没有其他车辆与它产生关系。一看，女司机，乖乖，全凭自个儿将车开成那个姿态，神技术谁也比不了。女人开车有风险，方向感又不强，别开出去还找不回来了。”

老婆露出了一丝不悦，“听过了！”

“一次，我见一位女士倒车，倒、倒、倒，‘嘭’，眼见着她将后面那辆停放得老老实实的车给怼了。那女士一脸怒气，口吐火焰带出一句话：‘这是谁呀，怎么停车的！’她倒成了无辜的。就这一句把我们目击者当场全部撂倒。那个理直气壮，前所未见。暴脾气可不能开车。”我侧过脸来，看了看她。

“我又不是她！”她的声音盖住了喇叭。

我接着说了个新鲜的段子，“上次，那辆车蹭到我们车了。我刚要与他理论，只见对方哗啦下来三位连吵带骂的女士，一位瘦小的老太太，一位胖乎乎的中年妇女，一位身怀六甲的年轻女人……我当即甘拜下风，老实赔了对方200元钱。这个气势，惊天地泣鬼神，你也在场不是，路上什么人都有，尤其女司机越来越多。”

“就因为我不会，她们才欺负我……对了，你刚才说什么来着，女司机越来越多了！”老婆有些笑了。

我拿出杀手锏段子，“有位王姐，老公开大公司，家里很有钱，还有一对可爱的小宝贝，十分美满。后来王姐开上了好车，心里飘飘然，不小心与人撞了，对方三死一伤，自己也差点没残喽。从此他们家便江河日下，最后落的家庭解体，十分遗憾，都是好车惹的祸啊！”我恨恨地说。

“你呀，还是先让我学会开车吧，再挣钱换个好车……”老婆的眼珠全靠向左侧眼角了。

我一副严肃的神情，目视前方，猛踩一脚油门，“呼”的一声，我看了一眼后视镜，后车们瞬间消失在车尾翻滚的尘嚣中。风里飘荡着我对老婆谆谆的教诲“开车不是件好事情，女人坐车才显尊荣……”

“我要学开车！”音波瞬间突破三环、四环、五环……

2013.9.19

37 创作不出怎么办

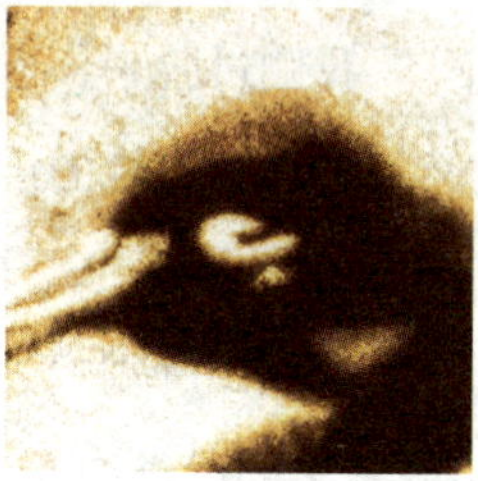

创作遇到困难，该怎么办?

办法一，停下来，散散心。去外面走走，去网上逛逛，总能碰到让你心动的事物，或许灵感将不期而至。

办法二，读读书。书中是另一个世界，是创作的源泉。

办法三，做一番冥想，发发呆、定定神。清空脑中的“污泥浊水”，清新的思绪会立马填补空白。

办法四，喝点酒。飘飘然就可。让李白“入身”，也许激情迸发，找到突破口。

办法五，亲自下厨。做一顿色香味俱全的佳肴，品味劳动的美味。那将使你创作的信心大增。

办法六，唱唱歌。不在乎音调与节奏，放开来，别吓着旁人就行。那会让你重振创作的声威。

办法七，跳跳舞。活动活动筋骨，让血液活跃起来，沸腾起来，

创作时的大脑将及时得到充分的氧。

办法八，练练书法。可以收回焦躁不安的心。

办法九，找智者聊天，或与小朋友玩耍，回归一颗平常心、赤子之心。

办法十，索性睡它一大觉。睡得让自己都不好意思睡了，睡到必须要追赶光阴的后尘了。那时事半功倍。

……

方法 N，创作。哦，终于轮到创作了！

如果这些办法都帮不了你，那么，趁早改行吧！

2013.11.18

38

黄永玉

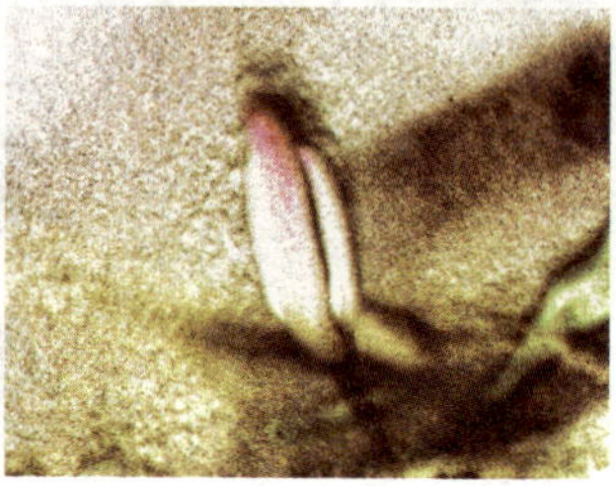

2013年11月29日黄永玉文学展在长沙美仑美术馆开幕。现场人潮涌动，只为亲眼目睹大师的风采，我也在其中。

黄永玉老先生独自端坐在主席台中央，两边的座椅均未落座。他两耳垂肩、气定神闲、目光炯炯，直视着前方。前方云集了来自各地的记者，用着各式相机"炮筒"对他肆无忌惮地狂拍，而他如在无人之境，丝毫没被干扰，宁静祥和地面朝着他们。他优雅地将手中的烟斗不时地送入嘴中，吐出的缕缕青烟悠然地弥漫在其上半身，那状态十分入画！

他在思考什么？是在回忆什么？是在感慨什么？还是什么都没什么？总之，他如罗丹的雕塑"思想者"，只是臂膀在不时地上下运动；他更像一尊佛，只不过披着俗世的衣装，而且一丝不苟。

终于，领导嘉宾们款款而来，一一落座。展览仪式开始了。

各路领导嘉宾皆慷慨激昂地表达了一番对黄老的无限敬仰与赞赏，或是回顾曾经与黄老的友谊之情。不乏溢美之词，当然也耽误了我们的时间。

终于轮到黄老做总结发言了！

我虔诚地做好了仔细聆听教诲的准备，打开了三万六千个毛孔，将视觉、听觉都调到了最佳接收状态，甚至清了清嗓子，好像是自己要发言似的……

黄老面带笑容，矫健地从边侧踏上舞台。90多岁的老爷爷开腔了，声如洪钟："一个12岁就出去闯荡的少年，嘿嘿（那表情十分可爱、幽默），90多岁了回到家了，将自己做的点东西供大家检查检查。"话未落音，他便迅速地从舞台上跨了下来，转瞬消失在人群中。

我没反应过来，观众们都没反应过来，当然包括台下的领导们。

片刻沉静，主持人终于反应过来，立即说道："仪式到此结束，展览正式开始！"

顿时，人潮再次涌动，直奔展厅的大门。

我直立于人潮中，朝着黄老离去的方向，尽量搜寻着他的背影，良久！

2013.11.29 长沙

39 春晚征途

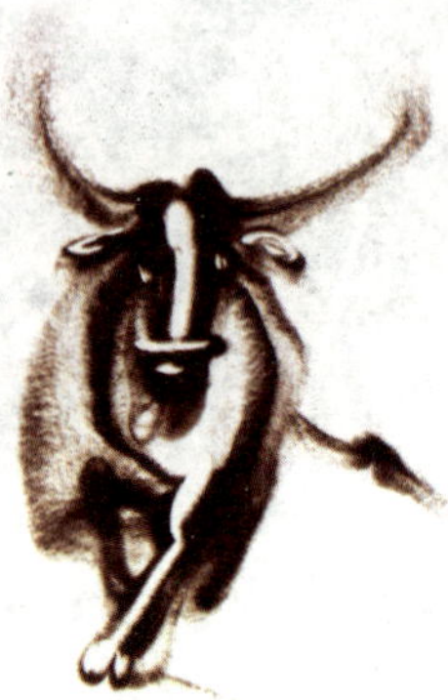

CCTV 春晚，我梦想过无数次的舞台！

2009 年，我第一次接到了央视春晚剧组的电话，当时激动万分，高兴得手舞足蹈。有关人士叮嘱我，若想上春晚，暂时就不能在媒体上曝光了，为的是保持节目的新颖度，来个一炮而红。我不假思索，签下保密协议。为此，我推掉了不少电视台晚会的邀请，凡是曝光露脸的活一概不接。要知道，那档口也是扬名与挣钱的最好时候。赌一把，为春晚，值得！

唯有两个活动例外，是在接到春晚剧组电话前已签的合约。一个是上海电视台与东方早报联合给我颁发了“2009 年年度艺术人物奖”和“摩登人物奖”，我除了领奖还要参加开幕式演出。另一个也是重要的活动，在南昌举办的电影界金鸡奖的颁奖晚会，我与著名小提琴大师盛中国先生合作。绝对是扬名立万的好时机，而我是千叮万嘱主办方不要将我曝光，我又不能说明原因，让主办方感到十分不解。终究没法关照到所有媒体，还是有少量的报道流出。果然，剧组很是不爽，据说某领导勃然大怒：“他还想不想上春晚！”解释是没有用的，因为领导太多，也有太多的“领导”。

结果，签约后的三个月间，我提的关于沙画创意的想法都无法实现，理由是：“我们实在太忙，等我们想好怎么画了，再通知你画。”

我忐忑地扛到临近春晚只有半个月时，终于有人通知我了：“不好意思，大宝老师，我们实在是想不好怎么来创意你的节目，没有很好的搭配方式，只能是下次……”

将专业人排开，研究专业问题？我很纳闷，也很委屈。那两个月不仅失去了很多上电视的机会，在经济上的损失也不在小数。自愿的，我无话可说。

转眼到了2011年春晚预备期。我有幸再次接到春晚剧组的电话，还是很激动，充满了斗志。我相信，春晚舞台从来没有出现过沙画，应该是很有希望的。如果上了春晚，我就创造了一个历史。中国的老百姓，对沙画的了解甚少，通过春晚向他们展示是最好的窗口。于是，我全身心投入到紧张而枯燥的创作中。虽然辛苦，但是层层的审查倒是通过得挺顺利。

这次的央视春晚，仍然毁誉参半，有调查称70%观众不认可（其实这些年春晚都是这样的评价）。这次我完全参与其中，客观地讲，虽获如此评价，但也抹杀不了每个工作人员尽职尽责的态度。哪怕有丁点小问题大家都是严阵以待的。所有的人在尽最大的努力，争取打造一台优质晚会在大年三十献给广大观众。我的创作路线与内容也是随着大局一变再变，一改再改，一审再审……

不记得有多少个夜晚加班到凌晨三四点。为了给春晚创造新意，我特意采用彩沙练习，彩沙画难度大，一遍不行就得再来，而各种颜色的沙子混在一起就不能再用了。那段时间，墙角用废的沙子已堆成堆。

“过五关斩六将”，梦想就在前方。已经有春晚特别报道的栏目组给我做节目了，那是为我上完春晚后备播的节目。我认为这次铁板钉钉了。

不到最后不算成功。越到后面越是忐忑，还有两审，整体节目时长还多出50分钟，眼看着好几个大腕都被刷下。从1月21号开始，我每天泡在春晚现场。化妆、等待、吃盒饭、徘徊。在嘈杂的央视大楼里，我越来越感觉到身处事外，头脑保持着异常的清醒与警觉。

电话将我从睡境中惊醒，若梦若真，说上级领导审查了，节目被拿下。我问原因，对方说领导说了句:“舞台的表演和背景都挺好，就是不知道该看哪儿？”

这次我没感觉到委屈，只能怪运气不好。已经有一条腿踏进了春晚，离梦想又近了一步。至少我可以回家与久未相见的父母团圆了。我母亲打来电话安慰我，怕我伤心失落。其实，我被刷下后心态轻松了许多，没什么。这些个日子“背负着一块石头”，过得恍如梦中，已经忘掉了自己。我知道，希望还是有的，下次！

此后，我又连续两年受邀参加央视春晚，也是尽全力，遗憾均未果。

2015年，离春节不到三个月，我接到一个电话。

“你是苏大宝吗？”

“是的，您是？”

“我是央视春晚剧组。”

“有什么事吗？”或许我的回复让他们有些出乎意外。

“我们想了解一下你的资料，方便发给我们吗？”

“不好意思，我在外面，现在不太方便。您可以上我网站或百度我的资料，我的网站就是我名字的全拼。”

我心里明白，这个电话意味着什么？只是，我已不是当年的我了。春晚，我已经淡然，一个电话在我心里已激不起风浪了。几分钟后，电话再次打来，还是那个声音：“苏老师，您好。我们想邀请您上春晚，下午有个创作会，希望您能来参加。”

“好的，谢谢，我可能得晚点到。”

“没关系，我们等您。”

我准时到达。每年的春晚，剧组都不一样。往年我都要带着介绍资料先铺垫一下。现在我不用任何准备了。因为除了春晚，这几年央视重要的晚会几乎全上了。我心如止水，平静地说道："我已来了四回了，每次都说能上，最后都没上。这次，说实话我也没抱什么太大的希望。只是感谢你们这几年对我的信任。"虽然前几次不是他们，但他们都是春晚剧组。

"苏老师，这次一定会上。"

"为什么？"

"这是个必上的节目，而且是个政治任务。节目叫《丝路》，体现国家一带一路的倡议，非常重要的节目，我们安排您与刘欢合作。"

"好吧，我再试一回。"我很熟练地签下了保密协议，那一刹那，血液开始加速涌动。

再次进入似曾相识的时空。陈慧琳被刷下了，张靓颖被刷下了……传来的各种信息使春晚的氛围越来越紧张。我合作的对象由刘欢换成孙楠，再换成沙宝亮，再换成那英。而这次，我的节目到最后也丝毫未动。一样的紧锣密鼓，一样的充满变数，不一样的是，我淡定地看待一切。

2015 年除夕之夜，我梦想成真！终于将沙画艺术送上了央视春晚的舞台……

一次，与几位朋友喝酒，畅谈人生。有位朋友感叹时光的流逝："人生如梦！"莫不赞同，现场气氛瞬时变得凝重。我不然，举起酒杯道："朋友们，倘若人生真是一场梦，咱们也要做美梦，来来，干！"

40

枣·白露

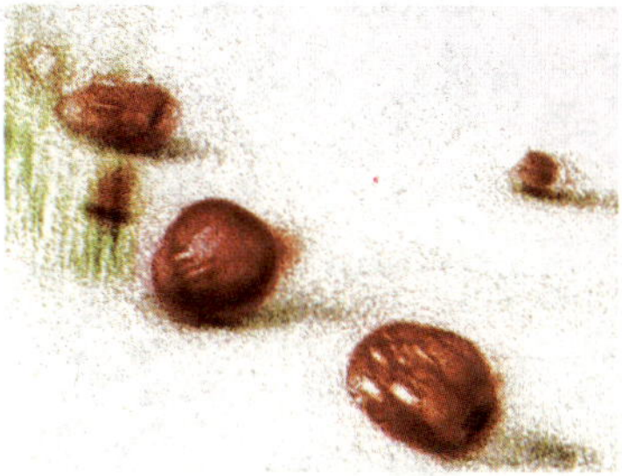

晨起，我打开手机溜达了一下朋友圈，众友皆晒“白露”。白露？天气转凉，空中水汽遇冷凝成细小水珠，在日照下晶莹剔透，洁白无瑕，煞惹人爱，因得白露之名。

如此光景，怎忍错过。今天上班，我特意步行去美术馆。

阳光倒是明媚，只可惜就是不见煞惹人爱的白露。也许那景致应是晨练老人们的特殊待遇吧，要知道他们在天没亮时就精神抖擞的了。现在已是8点多。我软软地踱着步子，精神头似乎还不及那些老者。没发现什么晶莹、闪光的珠子，越发没有初时的兴致。阳光好像越发刺目了。

“咚”，一颗什么东西掉到我头上。我脑海里突然冒出牛顿被苹果砸到的画面来，自己忍不住好笑。不知为何，脑子里时常会闪出些八竿子打不着的乐天的画面，它们与艺术随同，充实着我的人生。抬头一看，一株枣树，枝头挂满了红透的枣。树枝被压得如老人的腰一般，枣也已然枯败，浑身布满皱纹，干瘪瘪的，等待着入土的

那一刻。地面散落了不少走在它前面的“同伴”。

地面到树枝似乎还是有一段距离的。我看到树干上有一些蚂蚁在努力地向上攀爬，好像直奔那树上诱人的果实，是的，远观着很诱人。若如此，可以想象其中的艰辛。殊不知地面的枣也是够他们

享之不尽的。可知从树上到地面只需一瞬间？当然，这是对枣或者已到枣上的蚂蚁而言。然而树腰的蚂蚁，上去、下来都是不易的。上去了，也许才发现历尽艰辛得到的并非是自己的初衷，更可悲的是一不小心抱着刚到手的枣瞬间又落了地；如果一开始就满足于地面的枣，当然也就无缘领略上面的曼妙。我不知道，那种选择到最后是否不会有遗憾。树上有什么好，地面又有什么不好？如果在意的不仅仅是那颗枣呢？

“扑哧”，我踏着两颗落地的枣，头也不回地走去，步子较刚才迈得从容与轻快不少。而这株枣树却在心里抹不去了。

以往，我虽知路边有一株枣树，但它在我心里与其他野草杂木没有什么区别。我待它为“路人甲”，它却试图打动我。它挂满了累累果实，而且主动出击，昭示着“我可是一株枣树啊”。我想我不是第一个被它砸到的人。但是，我相信绝大多数的人是不为所动，也不在意的。他们也许会说，我不需要你，哪怕你是友好的，我只倾慕那瞬间即逝的白露。

我若是你，不会故意砸人。要知道，苹果成就了牛顿，而苹果还是苹果。做一颗无名的枣树自然的生息，不好吗？不为人能品尝到你的甘美，不为人能欣赏到你的丰硕，用心于自在的一生不是很好吗？

你是你，我是我，因缘生而擦肩，因缘灭而相忘。砸人非我本意，不必太在意，枣说道。

我猛然回过头去望了望。我看到我是树；我看到我是蚂蚁；我又看到我是其中一颗枣；我看到我是普通的野草。我笑了，又在自作多情，我是我！

阳光穿过枣树，忽闪忽闪，光白如钻，甚是可怜。我知道，它在我心中开始与众不同了，它也在向我微笑。不知道是因为他的执着，还是因为我的慈悲。

穿过一条马路，我的思绪也跑得更远了。

30多年前，我在“仙池界”外公外婆家里住了两年。儿时的好多记忆并未因那时的物质匮乏而乏味，反倒是越来越有味了。外公的菜园里就有一株枣树，树分两个枝干，不高也不壮，比外公高半个身子而已。枣树浑身是刺，小孩不敢靠近，平日里几乎把它忘却。时间在不经意间流逝。突然有一天外公带着我去打枣。我才发现，它也在不经意间挂满了果实，真是让人兴奋。外公用竹竿打，我就在草地里搜捡。打下的枣是青的，咬一口还有点涩。那时没什么好吃的，是外公等不及了吧，他将青枣打下来一些，给我解馋，助我长身体。过几天，再打一回，再过几天再打一回。自然，打下的枣一次比一次好吃，但更让人回味无穷的是打枣的过程，外公开心，我更开心。没等到枣红，便打得那树稀稀拉拉。最后剩下来的似乎接近于熟了，把它晒干了，成为了真正的红枣。

这些剩下的红枣是给外婆补身子的，外婆身体一直不太好，对她而言红枣是最佳的补品。他俩撑起了一个大家族，生养了八个子女，很像菜地里的那株枣树，瘦瘦的两个树干支撑着满树的果实，压得直不起腰来。

外婆用搪瓷杯放两小块肉，搁几颗枣，装满了水，再放到炭炉上煨着。只有那个时候，我才感受到“时间”这个东西。我兢兢业业地帮外婆守着炉上的杯子，等了很久。杯里飘出的香味越来越浓，终于，外婆认为可以了。我吞咽着口水，目不转睛地看着外婆将筷子探进杯里，夹出一块送进自己嘴里。那专注的神情和饭桌下的小狗没什么两样。外婆再夹一块，送进我嘴里。不一会厉声道：“慢些，莫烫着了。”外婆有些凶，我怕她，但那一刻我愿意守着她；我怕她，她有些凶，但她总是把肉送到我嘴里。那时，就是想不明白，外婆为什么不用钵煨，那样不就能吃一顿饱的了嘛。现在是明白了，好的东西要慢慢消受。可是有些东西还没来得及品味就消失了，外婆没了，外公没了，枣树也没了……

枣，是青的是红的并不重要，是不是枣也不重要。重要的是“需要”；重要的是无悔的选择；重要的是充满激情的过程；重要的是懂得品味；重要的是枯败凋零中还蕴含着生机与永恒。

想着想着已到美术馆门口，阳光照着门口的竹叶熠熠生辉，此刻我已“满血复活”，拿出手机认真地拍了几张照片并分享到朋友圈。

绿叶时不时泛着晶莹的白光，煞惹人爱，哦，对，今天是白露。

2017.9.7 白露

感怀篇

Gan Huai Pian

41

牯牛山和仙池界的传说

昔日，老子出函谷关羽化登仙，驾青牛四海云游。

一日游至楚地上方，青牛饥渴，不愿前行。老子见下方延绵山界处有一池清泉不凡，乃命青牛可下界饮之。青牛饮此甘泉乐不思归，老子久等不及，大呼：牯牛！

牛惊，扭头飞奔，不料扎入池旁山峰之上不可拔。老子淡然微笑曰：上善若水，利而不害，大道自然，天长地久。遂留青牛肉身于此地，乃带其元神归去。

牛之半身化为山中金脉，半身化为大石在外，牛之毛化为山中灵木异植。

此地后人淳朴、勤勉、多灵气，以采金制茗而富足。

后世感念老子、青牛之恩，称青牛下界饮水之地为仙池界，青牛化石之山为牯牛山。

——依前人所述而整理

42

二泉映月

我的眼啊！
看不见了，
我倒宁愿如此，
却还能流泪。

我的泪啊！
是涌不干的泉，
是流不断的水。

水中的莲啊，
如此高洁！
我就是她，
只是，
秋风飒飒，
落得凋零逝去。

曾经的明月啊！
如此高洁，
我就是她，
但是，
乌云遮蔽，
奈何阴晴圆缺。

还有谁是我知音？
懂我一丝一扣，
那双弦是我另一扇“窗”
可探高洁的另一个世界。
在低吟，
似倾诉，
实诅咒，
是狂怒！
来吧，
风雨雷电，

扫一扫 精彩沙画视频 马上呈现

二泉映月

来得更猛又能怎样?
我早已习惯与尔等和鸣!
……

一曲,
一辈子,
老了,
累了,
终了,
高洁如何?
胜又如何?

哦,我忠实的伙伴。
你或许已破败疲惫,
但我知,
那双弦定是崭新依旧。
我就是你,
你就是我,
你的呻吟就是我的心声,
我的心声就是你的哀鸣,
流水啊!
你能带走那沉吟至今的痛楚?

43 翅膀

我多渴望
书籍
也能为你插上翅膀
与我
化为一对鹏鸟
冲上云霄
去更远的地方
我多害怕
你甘心于原地
从未梦想
梦想获得那对翅膀
仅仅拥有
洞察我的单纯
用“责任”与“爱”
搓成绳
紧拽它
然后
我变成了有“翅膀”的
风筝
即便我心甘情愿
可是
当生命激情的风不在
您又不情愿奔跑
可知
我将
垂直坠落
支离破碎
更可悲的是
那时
你想拥有一对翅膀

44

可知

你可知
我有两种选择
一种是
将生命放在你的手上
任你的
谦逊、知足、勤劳与智慧
慢慢地欣赏、品味、消融它
直到永恒的终点
彼时
一路洒下的
是你我幸福的光芒
一种是
将生命放在你的手上
被你的
孤傲、痴迷、任性与无知
快速地打击、消磨、吞噬它
直到——
或许是
我的躯体会过早地消逝
剩你独自面对漫长的人生
或许是
我会被燃烧得仅剩
一点能量
一点勇气
一丝激情
涅槃重生
再次远航
彼时
生命背负着
是你我擦肩的玩笑
你可知
你也有两种选择

45 有一个梦

有一个梦
我梦见
我是春天的小苗
在阳光和雨露中舞蹈

有一个梦
我梦见
我是夏天的百灵
在绿荫与微风里歌唱

有一个梦
我梦见
我是秋日里的雄鹰
在长空碧霄处俯瞰

有一个梦
我梦见
我是寒冬里的雪花
飘向我钟情的地方

然后
然后
与那里融为一体
无悔无憾

46

蝶恋花·沙画

——缅怀高赞民先生

一捧黄沙一世界

无尽悲欢

转瞬皆了却

虚实动静堪称绝

三世轮回生复灭

灵犀一点同心结

玉台初闪

流水与明月……

画消乐顿沙欲别

繁华抹尽情未歇

47

我是一粒沙

我是一粒沙
我是一滴水
我是小星星
我很渺小
可是
我能和朋友照亮夜空
我能与同伴汇成海洋
我还能为您播种希望
我很伟大
我是一粒沙
沙的心里有一个世界
这个世界里装着我的梦想
我相信
我能跨越高山大川
我相信
我能构筑美丽家园
我相信
我还能奔向太空宇宙
但是
我深深地知道
我只是那一粒沙

扫一扫　精彩沙画视频　马上呈现

我是一粒沙

48

隐形的翅膀

快乐的小鸟，
温暖的小巢。
沐浴着阳光，
伸展着羽毛。
有至爱呵护，
可沉醉依靠？
无情的风暴，
颠覆了美好。
无辜的小鸟，
从未曾预料。
折断了翅膀，
毁坏了羽毛。
飞翔的梦想，
化作了影泡。
可怜的小鸟，
失去了欢笑。

慈祥的母亲，
抚摸着小鸟。
你不要悲伤，
你不必烦躁。
请抬头挺胸，
把枷锁甩掉。
还有片天空，
依然很美好。
月亮在微笑，
星星在闪耀。
花儿散芬芳，
音乐多美妙。
妈妈的怀抱，
永恒的依靠。
隐形的翅膀，
翱翔得更高！

感悟之篇

Gan Wu Pian

49

教学体会

沙画培训班已举办几期了，求学者络绎不绝。大家十分珍惜这样的学习机会，我对沙画艺术的发展充满了信心。

这个时代需要有沙子的精神，这个时代应该有沙画艺术的一席之地。这门独特的艺术形式，质朴中蕴含着神奇，不仅能丰富我们的生活，更能激荡我们沉睡的、浮躁的、顽固的心灵。玩沙画带给我们的是一种快乐、一种态度、一种方法、一种生活、一种智慧。我祝愿从艺术中心走出来的学员能玩出乐子、玩出新意、玩出境界，将激情进行到底，都能实现自己的梦想。总之一句话，享受沙画！

“星星之火，可以燎原”。只要大家用心地对待沙画，它一定会给大家带来更多的机遇、更多的财富、更多的尊严。尊重沙画艺术，爱护沙画艺术，研究沙画艺术，推广沙画艺术，应该是我们玩沙者的义务与责任。

在培训进行的过程中，我知道也有不少有顾虑的朋友徘徊在门

外。它们最关心的问题是，短期的学习能否学会？

四十个课时能否学会沙画？

首先，我想说“学会”是一个模糊的概念，怎样才叫“学会”？学到什么程度叫“学会”？我不敢打保票，我只能与朋友们分享我们先得“会学”。对于大多数朋友来说，掌握学习沙画的方法更有意义。

我谈几点我的看法，希望对这类朋友有所启发。

一、如果您是冲艺术而来，那我告诉您，艺术作品是创作者的技术、修养、情感统一表现的结果。几十个课时的学习，任何人都只能是达到入门与提升的程度，无论您有没有美术功底，即便您是绘画的行家，也依然如此。因此，后天的练习也是来不得半点折扣的，不积跬步无以至千里。

二、艺术学习的快慢与个人的天赋、悟性也有一定关系，不能一概而论。（当然，我们学习沙画的目的不全是要成为沙画家的。）

三、在沙画艺术学习的过程中，我们须重视掌握学习的方法，争取达到基本技法的入门与创作规律的掌握。这样会让初学者节省时间，少走弯路，基本具备自学的能力。

四、调整好心态，以旅游的心态对待学习。凡事目的性太强，心有杂念往往会与初衷背道而驰。当然，沙画的学习过程也是一次心灵的调整与修炼的过程。

总之，我们一定是有所付出才能去追求梦想的，让我们怀着一颗平常心上路吧。

"教学，教学"，"教"是一方面，"学"也是一方面。

2010 年

扫一扫　精彩沙画视频　马上呈现

古韵千秋

50 学习其实很简单

在沙画教学的过程中，没有哪一位同学是不开心的，小朋友就更是乐此不疲的了。沙画是很好的载体，我教学的目的是希望学习者不仅感受到沙画的快乐，而且能从玩耍中培养良好的学习习惯，并找到有效的学习方法，最终开启创新的大门。贵在“乐学”，这是我对学习者的期望也是我最大的学习心得。

虽说每一位学员对学习沙画都充满了激情，可进步的速度与效果却是不一样的。我不否认，这跟悟性有一定的关系。可是有一种现象，就是往往没有基础的学员在学习中进步速度最快，值得我们思考思考。（当然有基础的学员在往后的创作中是占有优势的，要学好沙画，还是有必要了解艺术的基本原理和绘画的基础知识的。）

通过实践与总结，我要与朋友们分享的主题是：学习其实很简单。

我把学习分成五步法，虽排了序，但须根据自己的情况灵活运用。

1. 看一看；2. 听一听；3. 想一想；4. 玩一玩；5. 悟一悟。

有人会笑了，就这么简单？没错，往往最简单的就是最有效的。

我先说“看一看”。在学习的过程中，有些朋友根本还没仔细看，却直接进入到第四个环节“玩一玩”了。心浮、心急，不可取。注意力不集中是很难抓住重点的，也未必能找到上手的突破口。所谓“眼见为实”嘛，而我们往往是现实就在眼前，自己却视而不见，精华内容和知识在不经意间就被疏忽了。

“听一听”。一般情况下，我会在演示完了之后讲解，这一环节同样需要集中精力。我们有些朋友是一边听、一边玩，或是从一开始就是耳门紧闭的状态。在看一看之后，迫不及待地开始“玩一玩”的环节了，怎能不分心呢？两耳不闻的状态看似专注，实则是自以为是的表现。还有些朋友，抱有怀疑的态度，如此学习，效率当然低了，还谈何学习效果呢。须知虚怀中才能充实呀！

“想一想”。大部分的人，一上来就直接进入到“玩一玩”的环节。这是不对的，且不说“看”与“听”的环节您是否落到实处，我要问，在实践之前你“想一想”了吗？该怎么入手，想画成什么样，老师的方法为什么有效？先想一想，然后再去玩，肯定有效率得多。“想一想”与“玩一玩”是可以在实践过程中相互作用的。我一般是这样运用的：想一想，玩一玩，一边想一边玩，一边玩一边想。哈哈，有点绕。

终于到了“玩一玩”这环。有些朋友很踏实，也很能吃苦。我要提醒他们，为什么叫“玩一玩”，而不叫“学一学”或叫“练一练”。玩是有意识的“玩”、有目的的“玩”、有效率的“玩”。不在于头悬梁锥刺股似的勤奋，在于每天能坚持，而且是保有新意的坚持玩一玩。天长日久，你就知道“玩一玩”的奥妙了。有一句话讲的好“学之不如好之，好之不如乐之”，我深有同感。当然要排除有些朋友漫无目的“玩”，那表面好像在学，实则无效，也就谈不上什么进步了。甚至会养成坏毛病，改过来都难。

最后一环“悟一悟”。有些朋友，通过努力找到一定的方法，终于获得些许成绩了，就此打住。千万别自满，须知谦卑中才能完善。我们的目的是“学会”，对吧？（当然，学习沙画就是要学会嘛）我说，不对！学会后还在于“会学”“会用”，这可是悟一悟的环节了。学习任何艺术或技术都要在学完之后，静下心来总结经验、总结方法，争取达到触类旁通、举一反三，能有效地指导下一次的实践。久而久之，您的进步速度会越来越快，你学习、办事的效率也会大大提高，信心也会越来越足，自然而然达到突破自我、创新创造的境界。而且，你将会越来越爱学习。

所以，“悟一悟”这一环节千万别落下。

哈哈，沙画的学习简单吧，只是我们往往聪明反被聪明误了。只有踏实、坚持地运用这几招，达到灵活、自如运用的境地，你的悟性也就自然得到提高了。良好的学习习惯也会在这个过程中得到优化。这叫自然的、有效的成长，终会走向必然的成功！

倘若有对自己的学习或工作效果不满意的朋友，我们回想一下，您在学习或工作中是否在“看一看，听一听”或“听一听，看一看”的时候，面对老师或老板开了小差；在行动前没有“想一想”，在实践中又只流于表面，不讲效率，不计后果；该反省总结的时候又没落到实处？

倘若有，当然就谈不上有成果了。

51

沙画之瞬间美

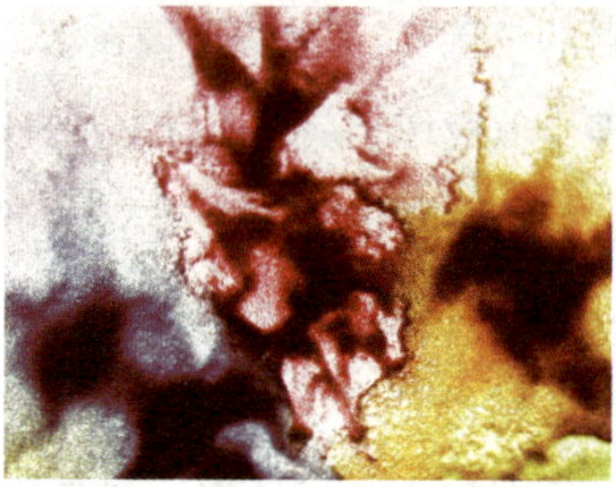

“瞬间美”是沙画艺术的一大魅力。在瞬间制造的美，是出人意料，让人意犹未尽的。

如何才能达到瞬间美呢？须抓住“瞬间”、抓住“美”。引申到我们行为处事，就是要有“效率”，还得有“效果”。

有人认为“效率”即是“快”，其实不然，“快”只是效率的一部分。比如，有人形容魔术师的神奇就是源于手快，其实也是片面的。如果说魔术师的手很慢，慢得让你看得清清楚楚，似乎绝无机会使诈，然而结果就是出现了奇迹，是不是也挺震撼的？那也叫效率。需知“瞬间”是“瞬”，还有“间”。因此，高明的魔术师不完全在于手快，还表现在他对节奏的把控。当然，仅仅是快或是把握好节奏是不够的。就像一个人办事非常快，也看似有条理，但最终就是没效果，也是徒劳无功的。要知道，高明的魔术师除了手快、对节奏的把控外，还有在节目的编排与道具的设计上也是会精益求

精、力求完美的。

同理，沙画创作中的构图也须“精简、优美”。如果一幅画面花了大量时间描绘，用沙子来画素描、画工笔画一般，即使画得再美，那也失去了“瞬间”的意义了，也就失去沙画存在的意义了。因此，构图须做到反复推敲，去丑、去繁、去糙，这也是提高效率达到“瞬间美”的法门。反过来如果只顾手法的明快、花哨、流畅，而画面不堪入目，就会落入作秀的境地。

有节奏地展现精简的构图，定能有效地达到“瞬间美”。

当然，瞬间美只是沙画的魅力之一。

2011.12.8

52

沙画——表演

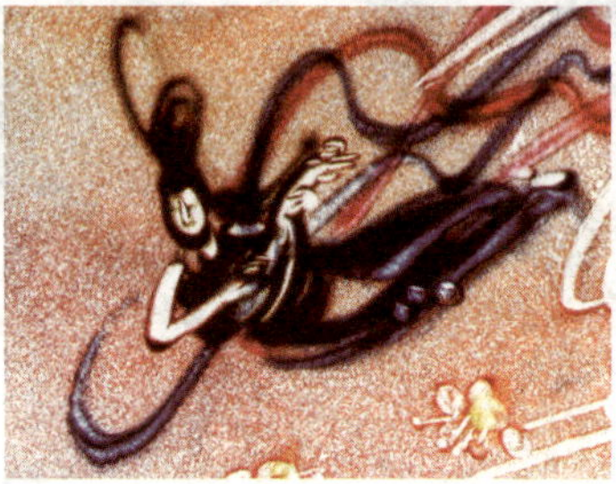

曾见过舞台上或电视里有书画家现场表演的，我认为大多有失水准。

或失之于创作出的作品欠佳，因台上的创作环境与台下不一样，导致结果有失水准；或艺术家表演时风采不够，少了些许潇洒与气度。

也不能太苛刻于这些艺术家们。在传统的思维中，静心地钻研学问才是正道，在台上去炫耀、展现会受人诟病的。况且书画家们又不曾受过表演的训练，所以能表不能演也属正常。但沙画，就不能不重视表演的分量了。

表演亦是学问、是艺术。

我曾多次在现场碰到过这样的朋友，他们有一定的书画基础和修养，但他们对沙画却是持轻视的态度。他们认为沙画简单易学，不过是换种工具画画而已。我一般笑笑，不做过多辩论。但要碰上高傲不羁者，我就会直言道：“你来试试。”却是大都不敢上前，偶尔有人试试之后，方知沙画之不易了。

先不说艺术，就是掌握任何一门技术也不是轻松的事，悟性较差还当别论。厨师也分等级不是？任何事情做到一定境界皆是艺术。

我不否认，有造型基础者使沙子也可以画素描、画画。但以为能画就叫会沙画那就太轻率了。沙画重在过程，是在单位时间内，众目睽睽下，要求创作者能淡定从容地充满魅力地表演创作的内容。不仅画面、内容要讲究，表演也非常重要，这是相当具有挑战性的。

这个过程（沙画表演），即便创作的内容与画面优秀，若不能展示出个人的风度与魅力，那艺术的整体将大打折扣。就如朗诵家表

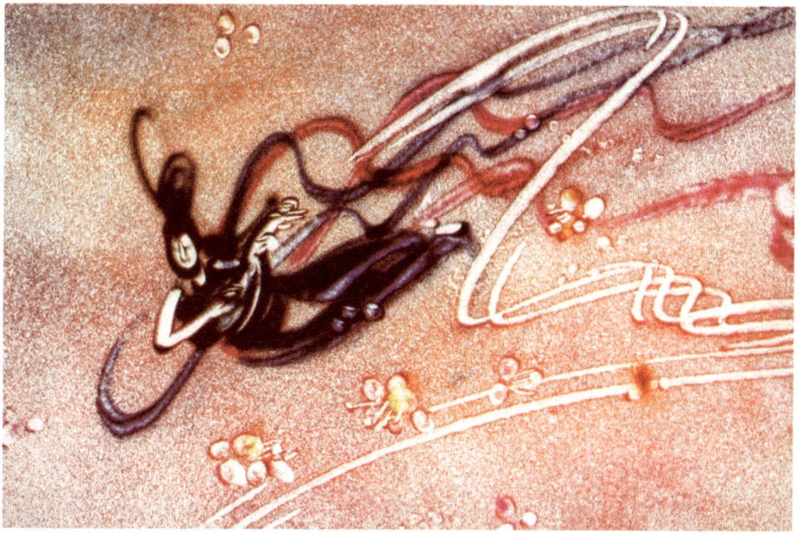

演诗仙太白的《将进酒》时若缺少了几分醉意，那整个表演就要苍白很多。说到底在于表演者对神韵与内涵的理解。

那神韵与内涵是庄周故事中无厚入有间的从容，在齐白石的胡须里，在小泽征尔的满头银发间，在喜多郎神秘的造型上，在大卫·科波菲尔冷峻深邃的眼神中，在李小龙不经意碰鼻头的一刹那，在迈克尔·杰克逊的举手投足中，在邓波儿微笑的酒窝里，在梦露下意识地抚裙时，在周润发风流不羁的微笑间……那都是能让观者为之共振的、为之入迷的。我前面所说的那些在现场有失水准与风度的艺术家们缺的就是这些。或说那是秀，但我认为非做作的秀，秀得自然也是艺术。关键是他们也能秀出结果。

在现实中有很多搞艺术的只关注做作的秀而又忽视创作的结果，也有能出结果却又不会秀的人。前者大都令人嗤鼻，不值得效仿。后者多少还是有令人尊敬的，但稍稍有些古板，终究少了些秀美、风采、浪漫、飘逸、灵动与自然。

尤其是沙画表演，创作的内容不仅要优秀，能表能演方为一流。

2011.12.3

53

沙画——创新

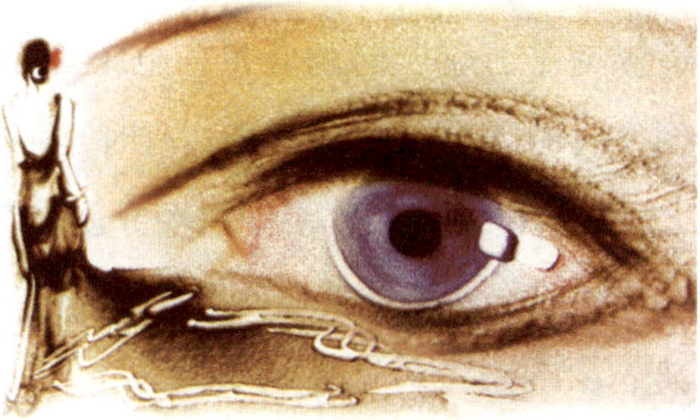

创新是沙画的魅力之一。

首先是形式上的创新。创作者仅在发光的玻璃板上用一捧沙便可尽情挥洒、畅叙衷情、不尽创想，这是完全区别于其他艺术形式的。没见过拿着红星宣纸放手练习草书而不心疼者，也没见过是人就敢坐于钢琴前轻易演奏一曲的。沙画则不然，即使无有功底者，立于沙画台前，下意识的冲动，顺手一挥——便是沙画技巧之“撒”。撒，能让你舒筋活络、能让你云开雾散、能让你激情四射。可曾见四五岁小朋友玩它如大人般沉静；可曾见五六十岁长者，玩它沉醉若孩童般盎然。

油画颜料种类繁多，是高贵的材料，中国的墨同样也是不可随意挥洒的（古语讲惜墨如金）。而沙子则不然，因为普通得不能再普通了。

这普通的材料，在普通的玻璃板上，通过沙画师的手却绽放了神奇的魅力。通过影像科技的手段，淋漓尽致地展现了创作者的心绪。让美的、阳光的、忧伤的、悲哀的、快乐的、激烈的、火爆的种种情感能在最短的时间内与观众互动、共振。

这是前所未有的。我们无法领略到怀素“忽然绝叫三五声，满壁纵横千万字”时的壮景；也很难在作品中有真切感受到“米颠”创作时的震撼；齐白石作画有时是不让人看的，你无法知道其用笔之妙。这些只能在作品中去探寻创作者心灵的踪迹，还是有难度的。

因此，沙画如此直观、震撼的艺术创作，说形式创新自然不在话下。

形式创新的优势实在是让我等受益良多。然而，再美的少女也会有变老妇的时候。不少沙画者都沉浸在如痴如梦的美好的沙画“少女时代”。女性的各个时代有不同的风情，怕的是不能发展地、

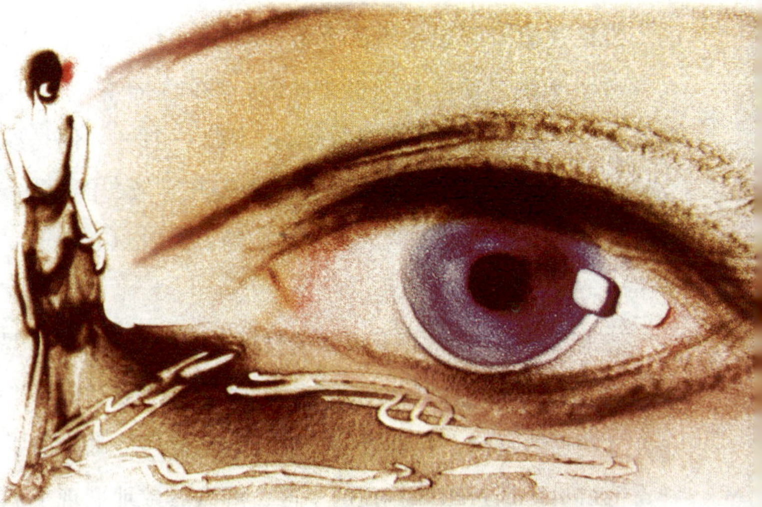

运动地看待与对待。有一句话说得好，“年华可以老去，但不能言而无味”。我要说的是，内涵的提升、内容的创新才是沙画真正能长久发展的关键所在。否则沙画迟早会失宠老去。

创作者和欣赏者就好比垂钓者与观钓者。若垂钓者频有收获，观钓者是会与之共欢娱的，若钓上的鱼种类繁多，还偶有意外收获，我相信观钓者之心更会与之心潮跌宕，即便他不能分得半尾鱼。沙画者就是这垂钓之人，需要耐其性、纷其饵、利其器，才能有别样的收获，才能让观者入钓胜于鱼之境。眼下，沙画者们尽享沙画形式创新之利好，如垂钓者找到肥鱼一潭，不假思索，急于求鱼，不知“磨刀”，盲目放钓。而勾不锐，饵不香，心不静，纵使偶有收获，而迟早会惊走满潭鱼儿。没有鱼儿，便无垂钓者，哪会有观钓者与之共欢娱？得不偿失矣。

有不少朋友和记者问过我同一个问题，沙画将来会怎样？说实话，此类问题我从未思考过，到如今也是如此。若非真诚喜欢是不可能坚持至现在的。我想他们希望从我嘴里套出来无非是关于沙画的“生”与“死”、“生多久”“多久死”之类的问题，我无从回答。

因为一种形式的生存与发展非个人所能断定，也非个人所能左右。但我知道一如既往的坚持，走真、善、美的路线，走内容创新与内涵提升的路线，创作更多优秀的让人尊敬的作品，那才是沙画发展的正道。

内容与内涵的创新之源浩如烟海，形式的创新终究会老去，因此，我们应谨慎而自信地对待。

2011.11.28

54

闲谈沙画和魔术

如果你没见过大卫·科波菲尔的魔术，那么你就错过了真正的、令人叹为观止的艺术了！

大卫是举世无双的天才，即使是二十几年前的作品，依然令人惊叹不已，让后辈望尘。他之伟大和迈克尔·杰克逊一样，空前绝后。

文字是难以周全形状的，我就拿“飞翔”这个作品强作论述。

（一）

“每个人都有过梦想，大多数人会随着时间的流逝而失去对梦想的追求，我害怕成为他们。我花了七年的时间完成了我的梦想——飞翔。”在节目之前有一段引人入胜的陈述与对白，他在传递能引起你共鸣的信息：你有梦想吗？你还在为梦想执着吗？我完成了不可能完成的梦想，只要执着的追求就可以实现梦想，您呢？

序幕由此拉开。这不是普通的表演，用比较“时尚”一点的话来形容叫“有思想性”。但绝不是乏味、直白、露骨、低级的宣讲，是直抵肺腑的开场白。

在进入主题之前，有一段短暂的互动。他请来两位观众上台，让他们检验一个超大的玻璃柜，给在场观众留下悬念。让人叫绝的是，互动中的大卫的表现，彰显了他的亲和与幽默。他不是那些个故作深沉的、神秘的、耍酷的魔术师，短短的时间，他已经成了与大家“很熟”的朋友，如在闲扯拉家常，让人忘却了那是一场表演。

“哦”！表演的最高境界——自然！

他已将所有掌握在自己手中，而观众毫无知觉。观众们已完全放松而又专注地进入了状态。看似风平浪静了，实则山雨欲来。

他半躺在“云海”（舞台效果）中，手挑一只雄鹰。突然，那鹰如闪电腾空而起，飞向“天边”。它是否象征着他的“梦想”，还是“暴风雨”欲来的前奏？总之，这样的开场神秘十足、神气十足。

在随意走了几步后，意料之中，情理之外，轻轻地，他真的飘浮了起来，万有引力在他脚下消失！全场为之欢呼。欢呼的是他在自由地飞翔，请注意“自由”二字！你认为他有钢丝吗？大概、或许、可能吧。在你还没来得及想明白，他将两组造型不一的大铁环纵横交错的网穿过静悬在空中的身体。你还在怀疑有钢丝吗？你已无法解释，你的脑海会突然激烈而又混乱的与物理规律做碰撞。此时你的状态与开场前的轻松已判若两人，而那亲和、睿智、潇洒的大卫已猛然变得高大。这，就是他的高明之处。

或许你还在纠结、矛盾中徘徊；或许你还在惊诧与欢呼；或许你还根本没缓过神来。这时，开场前让人费解的超大玻璃柜已推了上来，他走进去，盖上盖，在四周透明而又密封的玻璃柜中，在众目睽睽下，他又一次神奇的腾空而起，这时的腾飞不仅仅是他自己，还有底下的观众，他们的心都随之腾飞了。你仍在激动不已，热血沸腾的时候，他已从空中神圣地飘落下来，已不再是那位开场前的普通朋友，他已蜕变为“神”、是耶稣……

此时，没有人会在意那些个毫无意义的物理规律，也没有人会在意那是魔术表演，他就是个让人崇拜、羡慕、疯狂的家伙。可是还没完，他将开场前互动的那位美女观众再次请上来，他要帮她实现童年的梦想，她不曾敢想的梦想。

绅士将美女揽入怀中，在众人屏住呼吸的一刻，在音乐高潮的一刹那，最浪漫、最令人陶醉的情景上演了……

我想那位美女一定会受宠若惊的，一定会如痴如醉的，一定会神魂颠倒的。

大卫将一枝玫瑰送予她时，实际上已融化了所有的观众。

那是一场完美的视觉盛宴，是真正刺激灵魂的表演，是一次思想的震撼：“你还会重拾旧梦吗？”

那是当之无愧的艺术！

所有观众站立起来，鼓掌、欢呼。那象征“梦想”的雄鹰又飞回到主人的手中，他如“天神”般掌握着“梦想”，神圣地消失在“天边”……

表演到此结束。

但还没完，好的艺术是会经常腾空在人的脑海中的。

（二）

我与每位学习沙画的朋友都会分享大卫的这段魔术表演，我认为这段表演精彩之处有这么几点：1. 有思想性；2. 有创新；3. 表演自然；4. 节奏天成；5. 整体配合得天衣无缝。

1. 有思想性。选题不凡，是这个作品成功的首要原因。别人变物件（诸如：球、杯、牌等），稍引人注目的会变活物，（如鸽子、鹦鹉、能飞的），而他是找了极具挑战的题材“人作自由的飞翔”（非简单飘浮），不仅仅是身体的飞翔，还上升到梦想的腾飞，传递着积极、阳光、博爱的信息，融得自然、巧妙。不是盲目歌颂性的，不是普通无趣的，不是哗众取宠的。须知很多魔术只停留在炫耀技巧、耍酷、玩神秘的层次。

相对而言，没有思想性的表演，缺少厚重感；而为了思想而思想的表演，是让人厌恶的。

2. 有创新。是脱离以往靠台桌、台布、简单机械的飘浮的表演，“自由飞翔”是超前的。其道具、舞美无一不带着创新的影子。“天堂”般的舞台，反衬出大卫在其中“唯我独尊”的张力，那是创新的力量。

3. 表演自然。你能感觉表演的影子吗？开始，他在讲述自己的梦想，真切、真诚；互动中，轻松、幽默、自然，与观众宛若老友，毫无距离感。不像是表演了，可他就是在表演。当腾飞那一刻起，伴着和谐、大气的音乐，又恍若神灵的降临，不像在表演的现场，像是亲历了“耶稣复活”般的事件。人神交替、出入自如的境界让人为之倾倒。

自然的表演，才是真正的表演!

4. 节奏天成。那并非是卡着强烈的鼓点节奏来的一场火爆如摇滚的震撼。相反，那是听不出的、温婉的、大气的抒情。他的节奏完全融化在整个表演中。开场白、互动、飞鹰、穿环、入柜、抱美女飞翔到执鹰飞走，整个编排紧促、巧妙、连贯、令人应接不暇。

不讲节奏的表演是不连贯的、少气韵的。不能让观众专注的节奏是不成功的。但也并非节拍卡得疏而不漏才叫讲节奏，还有一种节奏是触摸不到的自然，大卫的节奏就属于那种。

5. 整体配合得天衣无缝。当我们看到大卫如神明般高大时，切勿忽视了那一批创造并控制机关、环境、音乐、舞美的幕后英雄，那也是他们完美配合的结果。没有极致的整体配合，哪怕一个微小的闪失也会让大卫在空中黯然失色，甚至会贻笑大方。

这一点正是体现了他们对艺术的责任与真诚。

整体水准的不平衡，整体配合的责任心的缺失，对待艺术的真诚度不够，正是制约我们文化艺术向前发展的问题所在。

2011.12 北京

55

沙画与书法

我的沙画得益于书法，书法之道亦沙画之道。

书法讲章法。大到作品的谋篇布局，小到字体的间架结构都可视为章法。它不仅体现创作者的审美水准、艺术境界，更能体现创作者的气度、胸怀、气质、修养和学识。

谋篇布局，千古不易。有人甚至可将它上升至战略战术的层面，可见其倾注了历代文人、雅士和书家的心力。王羲之酒后的《兰亭序》、颜真卿悲愤的《祭侄文稿》、怀素的随笔《苦笋贴》、苏东坡的沧桑之作《黄州寒食帖》等，这些妙品、神品往往却是偶得之作，可谓千古一叹。其实妙品神品也并非偶然，都是时间的产物。唐朝孙过庭讲自己学书二十载仍无入木之功，可见古人用功之勤与学书之不易也。倘使王、颜、苏、米、孙等人没有修得超世之才和非常之功是无论如何也不可偶得神品、妙品的。灵感只光顾那些有临池染墨之功者。因此，章法的好坏是时间、经验决定的。当然，个人的天赋也不容忽视。

字的间架结构也可认为是局部之整体，是由点线组成的章法。书法虽字体多样，风格迥异，但章法之规律皆是在虚、实、主、次、疏、密间找到最佳平衡点。再延伸，便是在稳险、顾盼、高低、大小、长短、枯湿、轻重、缓急中去“推敲、演算”，在于把握最佳的“度”。如此看来即便书圣在世，为之凝眉也是常有的事。关键找到那个“点”、那个“度”是至关重要的。章法之难就在此，只是有人终其一生也未必能达到，甚至不知有此“点”更无论“度”了，岂不是“千古一叹”。因此，学书者除勤奋之外还贵在有能耐将复杂简单化。

在我看来，章法、结构固然有其繁杂处，但无非是构图的范畴而已。只有紧紧抓住主次、虚实、疏密三大主要关系，追求整体最佳的对比与和谐，章法之难便可迎刃而解。加以天长日久的实践、总结和训练，从有法到无法，最终一定会达到统筹兼顾、自然天成的境界。学书如此，画画如此，沙画更是如此。

书法讲气韵。气韵如人之筋脉，筋脉活则人活，筋脉无则人死。气韵生动、连贯者如《自叙帖》《中秋帖》等，观其作能见其人。作者的生命已融在作品之中，能让人的精神为之一振。这正是艺术作品的高贵之处：“生命启生命，灵魂唤灵魂”。死气沉沉的作品又如何唤得人们的灵魂？气韵又如音乐之节奏，节奏连贯和谐则悦耳舒心，节奏杂乱无章，则刺耳燥腑。

因此，气韵在于流畅、鲜活、贯通，书法如此，音乐如此，沙画更是如此。

书法讲用笔。苏轼主张写文章须行云流水，所以他的文章豪放、酣畅，不仅如此，苏轼的书法也是大气雄浑。他的弟子黄庭坚的字更是写得自由、舒展、不拘一格。高明的书者驾驭点、线的能力是毋庸置疑的，因为他们精湛于用笔的技巧。上下左右，轻重缓急把握得游刃有余、恍若天成。《自叙帖》《书谱》《松风阁诗帖》中能感受到怀素、孙过庭、黄庭坚用笔的使、转、收、放已达笔底生风、自然而然的境界。用笔也是古往今来众书家永恒的话题，运笔的起、使、收、放、提、摁、转、折其实就是对力度、刻度、取势的把控。书谱中孙过庭讲道：或重若崩云，或轻若蝉翼，导之则泉注，顿之则山安，纤纤乎似新月出天涯，落落乎如众星之列河汉。能达到自然而然的书家是最高境界了。用笔的迥异直接影响到书者风格的不同，比如楷书，钟、王、颜、柳、欧、赵都是公认的大家，都为楷体，然字态风格多貌，某种程度上来讲是用笔之殊也。

用笔能体现作者的风格与审美取向，如同文章之遣词造句，文如其人，字如其人，画如其人。沙画虽无用笔之说，但“用手”的水平高低直接影响到作品的风格与效率，书法的用笔之道亦是沙画

的“用手”之道。

书法讲效率。首先书法之载体“汉字”便是世间最为简洁、写意的图案。书画同源，中国文字起源于象形文字，即使抽象到如今的汉字依旧能望字生意。横向对比字母组合的文字，汉字要简洁、直观得多。书法也深刻地影响了中国的绘画。其次，纵观中国书法字体的演化历史，甲骨、大篆、小篆、隶、楷、行、草便是一部从繁至简的演进过程，也大大提高了书写的速度。再次，书法所用工具和表现“语言”更是简单，以笔沾墨挥点画于白纸上形成的画面便是书法作品，因此对点线的要求极高。无论何种书体、何种风格，书家都在追求最为凝练的线条来构建自己的艺术语言与画面。书法内涵的极其丰富与点、线、白、黑之简形成的对比，造就极有效率和效果的艺术魅力。

有见过故弄玄虚者，作凝神状，用尽浑身之力大势爆发，虽速度极快，然笔画盘错不知所向，画面一团乱麻，而后长吁一口气，作收功状。表面文章如此造势，而画面却不堪入目，徒增笑耳。效率，是指速度和力度；也指简洁、明朗和清晰。

沙画的效率也在此：简洁、快速、清晰、有力、大胆、不拖泥带水、不虚张声势、没有多余。它能体现出创作者技艺的高超与艺术的风格和魅力。

书法讲创新。数千年的书法史也是创新史，比如书体的演变和各种风格的形成。说到创新，其实各类艺术都在追求突破、追求创新。有的在技法上创新；有的在材质工具上创新；有的追求创作观念的创新；有的无为而为创新；有的为创新而创新。凡此种种都是创作者在追求自己艺术的存在价值。虽评人各有见地，但创新精神是无可厚非的。人的本性中有探索、改造、创新世界的基因。一种书风或一种书体的形成、发展与完善是时代演变的一种表现，是自然而然的结果。曾在一次活动上听到中国文化促进会王石副主席对书法申遗时的表述。他讲，书法申遗代表书法要死了，不申遗没人保护就更要死了，所以很纠结很矛盾。我不认为这是个矛盾和纠结的事，申不申遗是个形式，关键在于中国书法创作者、爱好者在前所未有的当今是否具有创新精神和创新的能力。况且书法的生与死也不过是个自然演变的结果，它要死，没人能救活；它没到死期也不会突然断气。在我看来，书法中的“道”在，书法就在；书法中的“精神”在，书法就在。表面上的舞文弄墨可以是闲者之乐，从事者之业，权商者之资，追名逐利者之器，但只有“表里一致”才能真正让书法不死。而这个让书法不朽的“里”便是道和创新精神。

中华文明的创新精神贵在对传统的继承与尊重。站在前人基础上的探索与创新才使得五千年文明得以延续和发展。可是，坏也坏在此处，对传统的固步保守又时而阻碍了文明的发展进程。但无论时代的变迁、动荡与兴衰，不变的是在自然的演变中依然在前行。

承载着传统文化、承载着道、不失创新的精神，书法就会有传承下去的理由，就还会继续发展下去。我想，对于沙画来说，这也是值得思考与借鉴的。

2012.1.8

扫一扫　精彩沙画视频　马上呈现

56

又是考级

对成人来说，考级意味着升迁、意味着待遇、意味着金钱、意味着名誉，由此便衍生了虚伪、欺诈、攀比和潜规则。大部分人太看重那一纸文书或太关注表面文章了，却时常忽视了一纸文书底下还是须有真功夫的。

不知从何时起，中国的父母特别关心孩子的考级证书了。或许受考级制度或考级“风俗”影响太深的缘故吧，竟然也感染到了纯真无邪的孩子身上了。但我希望那不是遗传，遗传是无法根治的。

中国父母关心孩子的教育是有悠久历史的，孟母三迁就是很好的典范。不过考级制度似乎与孩子的教育渊源不太深。孟母在公元前 3 世纪，而最负盛名的考级制度“科举”在隋唐才形成。政府通过这种考级制度收集选拔人才，平民草芥也通过这项制度有了鱼跃龙门的机会。不可否认考级有着积极的作用，但任何事情到了死板、顽固或是这种死板顽固被不良的风气所左右或成为正常现象时，那么消极、腐败、堕落、遗憾便随之而生。制度也就成了阻挡人才选拔的罪魁祸首。伟大诗人杜甫因屡试不中、仕途不济却产生了千古名篇；明代大画家徐渭也是排在制度之外的。此等例子数不胜数，可谓千古的讽刺。《儒林外史》中范进中举的悲剧便是深刻地揭示了“考级”的弊端。

当然，那是在古代。传统思想的浸淫，出人头地的方式和渠道单一，某种程度上考级是别无他路做出的无奈而又无畏的选择。

可当今不一样了。时代发展，几十年的发展胜以往千年，各行各业都有出人头地的机会。可为何还有那么多“考级控”呢？莫不是复古的时尚？但愿只是一种潮流罢了。

可这种潮流是可怕的，尤其当它波及孩子教育的问题上时，那是对幼小心灵的不良引导，那是拔苗式的超负荷，那会引起一连串的问题的。如此，从孩子到家长、到老师、到学校、到教育便会在功利、实际中变得焦躁不安和麻木不仁。

一次，在朋友婚宴上，与几位音乐学院的年轻老师同桌，甚为投缘，酒过三巡，便无话不谈。中途一位老师有因先退，恰是有关学生考级的事情。我不解地问道：“这个考级，最高是几级？”

“九级。”

“那到九级是不是顶级了，能称为艺术家了吧？”

对方笑了：“那艺术家不就一大把了吗？”

“九级不是顶级了吗？”

“那只是个业余的级别。”

我再问：“那考级有什么意义吗？”

对方说：“我们也没办法，家长就重这个，都这样。”

我问："那考级的标准是什么？如何界定？"

对方说："这个很难说清楚……"

后面的话我已听不太认真了，因为前面那段对话已让我的心绪变得不太集中话题了。我忽然想到自己曾在艺考大军中时的情景。那时艺考生队伍可谓浩荡，人人都以为学艺术是很好的出路，是高尚的、神圣的、不俗的。那个潮流一直波及到现在，多少学子依旧热衷于艺术学习，而学习的目的就是"考级"。可如今我回过头来看看曾经学艺的同学中真正热爱的又有几个？大都因生活的现实而改行。

学习艺术成为了高考的手段；也成了他们文化成绩不佳的冠冕堂皇的推托；成了逃避高负荷应考的休闲放松的借口。即便是艺术的学习也是针对考试而研究的种种方案与对策，画画也实实在在成为了攻略与教条。当考试浸没了艺术之后，我在一片令人窒息的黑压压的脑袋中仰天大口呼吸，成了不知所措的可怜者。自小的热爱与残酷的现实产生了剧烈的碰撞，我所从事的喜爱的艺术应该是这样的吗？我爱它哪里？

大学一年后，我选择了退学，不仅仅是当时家境困难的缘故。

在希望、困惑、执着、煎熬、痛苦、快乐中我一直在坚持，一直在思考，一直在学习。虽有迷茫，但我却如一只重返大自然、重获自由的小鸟。转瞬 10 年，我豁然开朗了。我要说：第一，学艺术第一在于兴趣，惟有兴趣才能坚持下去。没有兴趣为前提，任何事物都是不可能被描绘得五彩斑斓的。第二，学习艺术的目的是在艺术中感悟和找寻学习、创造、生活的方法，然后用感悟到的方法去品味人生、指导人生，重在提升人的心性。第三，学习艺术是一种快乐，是一种享受。第四，学习艺术可以是工作、是职业、是身份，但它与其他职业一样，没什么特殊的光环。第五，学习艺术可以是交友、交际的前提与桥梁或是基础。第六，学习艺术本身就是纯粹的学习……

但学习艺术最后的目的才是考级，甚至不在于考级。

不考级，行吗？有人会问道："你看大家都在考级，孩子们过不了伤了自尊、自信怎么办？没有考级证书，文化考试加不了分怎么办？不去考级，不合大众，人家会怎么看你？没有证书怎么证明自己的资本与荣耀？没有证书如何考查孩子是否在努力学习？没有证书怎么证明老师的水平、学校的水平？没有证书，老师、学校怎么有生源的保障……？"

如此一来，我便无语了。

我手执着笔，托着腮，望着窗外那块灰灰的平地。春天来时，不知从哪冒出的新绿，冬天竟未将它们冻死，随着时间的推移，狂风、日晒、雨淋、虫噬、人为的修剪轮番而来，可它们却越长越盛，那新绿在自然磨炼中长成浓密的灿烂的深绿，秋天它们结出成熟的种子，即便冬天枯萎化为了泥土，而地里蕴藏着看不见的下轮的生机。我相信它们无怨无悔。

想着想着，电话铃声打断了我的思绪，"我是孩子的家长，请问学沙画能考级吗？"

又是考级！

2012.2.3

57 此沙画和彼沙画

我力推的“沙画艺术”，也就是我希望在广大青少年儿童中普及的沙画艺术是有明确定义的。这种沙画是指在平滑的灯箱式画板上，伴随着音乐，创作者以沙作画，并通过投影的方式来展现创意、抒发情感、交流思想、传递文化的，连贯变化、重在过程的新型艺术创作表现形式。即“沙画投影表演艺术”，简称“沙画”。

时下有一类沙画，就是用沙子画素描，或者画“工笔画”。也就是说，这类沙画更注重写实、更注重结果。这种创作，有很多人也认为是沙画。但其实质只是把素描或工笔画的工具换了换，简言之，沙子画画。

从创作的角度来说，无可厚非。也就是说，我不认为这样有什么不可以。而且，把这个绘画过程录下来，再通过提速、剪辑等方式形成短片，那就更像沙画了，而且这种沙画还有一定市场空间。其实，如果将正统的素描的或工笔画的绘画过程录下来剪辑成片，也是可以达到那个效果的。此沙画之所以有他的生存空间，在我看来还是搭上了彼沙画的方便，算不得沙画，还在传统绘画的范畴，只是用沙子作为材料和工具而已。

沙画艺术教育正在发展，很多人对此还不是太了解，有些茫然。我认为，有必要区分一下二者。

“沙画投影表演艺术”，在十多年的发展历程中充分地显示了它的魅力和生命力。我对它的优势和特点做过不少的研究与分析，从艺术的角度来讲这种形式具有世界性、时空流动性、综合性、随性、包容性和娱乐性的特点。它追求“瞬间美”“变化”和“整体”；从教育的角度来讲，它开启创新的潜质，播撒智慧的种子，增强学习的能力，提升生活的品质，是寓教于乐最佳的载体，等等，这里不做重复的展开。

这里我要重点分析一下以沙子画素描或画工笔画的“沙画”。当然，得从素描说起。什么是素描？作为名词是指“单色的画”，广义来讲用任何单色画出来的画都可称之为素描。但大多数时候是特指铅笔或炭笔所做的画。这里要问，用水墨、钢笔、圆珠笔、油画颜料、国画颜料行不行？答案是肯定的。如此，单色的沙子画画亦可称之为素描的。

可反过来说，沙子画的素描叫沙画，我是不会苟同的。

沙子画素描有什么优劣？我们再从素描的作用说起。在我看来，一、素描可以作为一种独立的创作方式，创作艺术作品；二、素描可以作为油画或其他创作的蓝本或小稿；三、纪录瞬间的灵感（大都以速写为主）；四、作为造型训练的一种最普遍的方式，现在从小学到美院、大学，学画都少不了这个内容。

前三点我没什么可说的，只有这第四点，我有自己的看法。素描作为绘画的基础似乎已是根深蒂固的认知，一定要有素描基础才能画好画？素描打基础真的那么重要吗？我想，这是个值得深思的问题，尤其是对于一种早已普及了的艺术教育的形式。

我在想，中国古人肯定没学过素描，但不乏艺术的大家。如果论造型写实的能力，我认为宋代就到了高峰了；素描教学体系从徐悲鸿、刘海粟那一代人引进中国，也不过百年历史。到全面贯彻素描作为造型之基础后的几十年间，似乎绘画的大师出现得并不是太多。当然，也不能全推到素描身上，但也是有一定因素的。

我个人觉得，素描这个东西，从技法到理论没多少东西。包括画画也是，虽然古今中外关于画画的文章、书籍似乎已浩如烟海，但画画、创作究竟还是个实践出真知的活。如果仅是训练造型的能力，我认为专心致志的话，几个月就能搞定。但从小学到大学还是那点玩意反复地磨蹭，就有点误人子弟，耽误时间了。尤其在少年儿童时代就开始，以再现现实为目标的训练是没有多大益处的。时间长了，便成了一种惰性的训练方式，反而禁锢了孩子们的想象。大部分时间，素描训练仅是手眼的配合训练，脑子里处于麻木静止的状态。很多学画的在素描训练时听着耳机，有时还边画变交谈。那样是培养不出创造能力来的。而艺术创作没了创造和想象，仅是技法的堆砌，那还谈何创造、谈何艺术呢？我曾在中央美院做过沙画选修课程，各系派来一名学生来学沙画，这些学生在造型方面个个都是高手，可是一旦让他们创作起来，想象力和创造的胆量就相形见绌了。可见，素描的训练也是有其局限和不足的。

素描的训练之所以用铅笔炭笔，其实就是方便，一支笔解决所有问题，修改也方便，审视分析也方便。倘若用水墨、油画颜料画

素描就要麻烦得多，修正的风险也会大很多。同理，用沙子画素描，没什么优势。一是受画幅的局限。二来作画有视觉角度的问题。三是增加了很多不必要的环节，比如要想准确的分析画面的造型，就得支个架子和摄像机，还得接上电视或投影。画画照片也许还算凑合，如果是写生，那就麻烦了。因此，沙画画素描，非特殊情况，不可取，尤其此种素描以沙画艺术为名目推向教育，混淆概念更不可取。既然已经有更好的方式来画素描，何必自找麻烦呢？从另外的角度来说，铅笔画素描，最终还有张画不是？沙画是沙画，素描是素描。沙子画素描，感觉上沙画和素描同时训练了，实质上两者都没顾上。我的建议是，学素描就学素描，学沙画就学沙画，两者相互补充。对于孩子们来说，我建议沙画的比重要多于素描。不要小看孩子们，他们天生会画画的。有人说学素描可以锻炼专注力。我要说沙画更是具有这个作用的。相对而言，沙画比素描更有趣，更会让孩子们产生兴趣，兴趣是最好的老师。

沙子画素描，依我的定义和标准来看，绝对称不上沙画。只能讲作画的工具一样。它不以“瞬间美”为标准，没有时间的约束；它缺乏画面的变化，大量时间花在精雕描摹；它不在乎音乐的配合，更没有表演的诉求。讲述故事和情节也并不占优势，仅仅是特殊的绘画而已。失去了时间概念，就失去了沙画的意义了。

把这样的片子剪辑成短片，貌似沙画。我也画过这类作品。但我认为也只是以沙子画画为卖点的动画而已（当然，这样的动画片不乏非常优秀的作品，弗兰克·库克就是这方面的高手），这种沙画，姑且称之为沙动画，需要非常专业的技术和创意，往往需要团队来打造，肯定也不是普及的形式了。

我说这么多，不是否定素描，也并非是排斥这类沙画的存在，况且我也画过这样的作品。我只是想给很多正在从事沙画艺术教育的朋友们再次明确一下定义，我们着重要推广的沙画一定是“沙画投影表演艺术”这种沙画，只有这种沙画的艺术教育是最有价值和意义的，能为当下素质教育起到很好的补充作用，也能很好地解决绘画教育，尤其是素描教育所存在的问题。

我上面都是以素描为例来分析，用沙子画工笔画也是一样的道理。而且我要说用沙子画素描、画工笔画的效果还不如传统工具来得效果好，只是图个新鲜而已。还有，沙画（沙画投影表演艺术）还包含了音乐、表演、文学，这里只是从一个绘画的角度来对比的。

此沙画非彼沙画，当明辨之。

2018.5

58 沙子画鱼

我常常为朋友们分享沙画，一定少不了演示沙子画鱼的技巧。很多时候在电视里面也是这样，往往导演们还会特意叮嘱我要展示画鱼的技巧。他们觉得，我自己也认为沙子画鱼确实很有魅力。

沙子画鱼不过几秒钟的时间，如此吸引人是因为具备了这么几个魅力：

一、有效率，没有浪费一丁点时间。

二、有效果，画面有韵味、有层次、很生动。

三、表现力强，作画过程柔中带刚、大方自然、行云流水。

我很早悟出此道，因此在很多场合也乐于展示这沙子画鱼的魅力。现场反馈效果也的确很理想。其实画任何画面，遵此道都会不凡。

注意，“效率”一词并非完全指“快”。三五秒钟，从时间上讲的确很快。但这个撒沙的过程须高超合理地把控好节奏，决非盲目图快，是快中亦有慢与快的对比与和谐。有人形容魔术师的技巧也会用到这个词——“手快”。其实不然，高超的魔术师是让人感觉不出手快的，甚至有时动作慢到人们无法相信他有时间“使诈”，然而奇迹就是出现了。这种效果才叫震撼。因此“快”只是表象，效率才是关键。有的朋友学习画鱼，只一味图快，沙过不成形态便是当然。只有合理地安排控沙的力度与速度，用心体会快中的微妙，并反复练习，达到熟能生巧的地步，妙趣才会自然产生。效率是时间提炼出来的。可见沙子画鱼是“效率创造的美”。

效率说完，说说效果。沙子画鱼，瞬间既出，神采奕奕。那鱼有虚实、有主次、有疏密。很多朋友在画鱼时层次感能表现出来，可是外形达不到优美。或者外形出来了却又没层次感。要么像一条冰冻的死鱼毫无生气，要么头重脚轻不成鱼型。各种形态难以尽数。原因出在哪儿？在于没有大局着眼。一般的思维都着重在鱼的外形，即头大到尾小的自然过渡。却没有注意到鱼的外形成S形状，鱼头和鱼尾以及中间与两边的虚实的变化。所以我们有时候没有全面地去分析，也就导致了画面美感的缺失。因此，顾全局能创造美。

电影《英雄》里面梁朝伟扮演的大侠，手持大笔书写的场景很有美感，笔毫与长发相应飞舞，动感十足。这就是演员的表现力。有很多朋友在掌握技巧之后，表现时却大打折扣。在台上表演，要心随乐动，天人合一才能达到艺术的境地。举个例子，有人拿着一份秘书整理得滴水不漏的演讲稿照本宣科，底下听众的感受就会如同嚼蜡。若台上的演讲者脱稿而发，句句肺腑，手势自然大方，台下听众就会跟着潮起潮落，所以表现力强也能创造美。

综上所述，沙子画鱼之美在于有效率、顾大局、表现力强。沙子画其他，也当遵此道。

59 沙画艺术的概念与特点

“沙画艺术”是指在平滑的灯箱式画板上，伴随着音乐，创作者以沙作画，并通过投影的方式来展现创意、抒发情感、交流思想、传递文化的，连贯变化、重在过程的新型艺术创作表现形式。即“沙画投影表演艺术”，简称“沙画”。

沙画近年来几乎风靡全球。它新颖、质朴、独特，具有广阔的创作与展现的空间。它自然、连贯、精炼，极富艺术的感染力。它是综合的、愉快的、智慧的、时尚的艺术。既是一种全新的创作形式，也是一种高效的学习方式，更是一种有品质的生活方式。

总的来说，沙画艺术具有以下特色。

沙画具有世界性

沙画艺术，其形式突破了因地域、民族、文化、材料等不同而造成的局限。十多年来，世界各地先后出现了一批沙画艺术的创作者。无论国界，这些创作者们都能自然地、自发地将各自的文化基

因、艺术理念、审美取向很好地融合到这种形式中来。随着全球政治、科技、商业、文化等领域相互融合的进程加快，沙画艺术作为时代发展的产物也得到了快速的发展。某种意义上来讲，沙画艺术也是文化交流中具有独特性、高效性的媒介和载体。

沙画具有时空流动性

沙画是时间的艺术，沙画作品本身就是一个过程，过程结束，作品随之流逝。这个过程是瞬间的，却能尽情放飞创作者的灵感、激情和创想；沙画是空间的艺术，以沙作画，尺寸之间有天地。同样是“点”“线”“面”的语言，同样须遵循绘画艺术的基本规则，但这种连贯变换、不留痕迹的表现形式更为灵动、更为精简、更为亲切、更为震撼，使得沙画拥有了一个无限大的创作与展示的空间。

沙画具有时间艺术和空间艺术共有的特点与优势，并将两者融为一体。它是时代发展的产物，倾倒了无数观众，震撼了众多心灵。

沙画具有综合性

沙画不仅仅是用沙子来画画，它还包含了音乐、表演和文学等多种艺术形式，是一门综合性极强的创作表现形式。沙画犹如“手

动的微电影”，优秀的沙画创作者常常能够身兼数职，编剧、导演、表演、配乐、剪辑等。尤其是在商业作品的创作中，沙画师往往还需要成为很好的沟通与交流者。在整个过程中，做到既准确无误地理解并表现出客户想要表达的内容和理念，又能时刻关照到艺术创作的规律。这就要求创作者不仅要具备很强的沙画创作能力，还要具备相当程度的文化和道德的修养。

沙画的综合性特点正是推广青少年沙画教育的重要缘由之一，学习沙画将极大提升广大青少年的综合素质。沙画艺术为传统素质教育注入了新鲜的血液，起到有力的补充作用。

沙画具有随适性

所谓随适性，是指沙画的艺术特点和独特魅力还表现在它可以发生于随意、随心、随手、随机的瞬间，且不论方式还是内容，皆适于手适于心。在整个过程中，意之所达，心之所思，手之所触，无不使人身心舒畅，甚至使人生出一种不可言说的奇妙和愉悦。这也是沙画艺术所独有的特性之一。

沙画作品虽然是创作者精心策划并实施的创作呈现过程，可在这个过程中，往往会因为手法、力度、色彩、沙的分量以及创作者当时的心理状态等因素而出现不可完全预知的效果，所以说，所有的沙画作品都是在有意与无意中形成的随心适性的和谐整体。

中国画中有“应物象形”的说法。沙子常能在沙盘上绽放出让人迸发联想与想象的焰火般的美丽，有时只需稍加“雕琢”，便能产生神奇而理想的效果。这样的时刻是最让创作者梦寐以求的灵感火花跳动的时刻，表现在作品里也是最能让观众享受极致美感的时刻。

因此，沙画作品的随适性特点使沙画具有了随心适性、自然天成、妙趣横生、耐人寻味的魅力。

沙画具有很强的包容性

沙画表演可以独挑大梁、单独成戏，也能跨界与其他舞台表演形式联袂演绎，如交响乐、乐器独奏、演唱、话剧、朗诵、舞蹈等艺术形式，都与沙画有过良好的合作。不仅使表演形式变得新颖，而且使整体表现力极大增强。

沙画艺术的展示和传播的空间也是无限大的。无论活动的性质、级别，沙画艺术基本都可融入其中；沙画的传播方式几乎涵盖了传统媒体和各类新型媒体；在此基础上，又延展、衍生、推动了多种形式的发展，如固态沙画、沙动画、沙瓶画、沙画疗愈等；沙画艺术教育的形成也是沙画艺术的发展与素质教育自然融合的结果。这些都充分证明了沙画艺术的包容性，也充分地显示了沙画艺术极强的生命力。

沙画具有独特的娱乐性

与任何艺术形式一样，沙画也具有娱乐、修身、养性、怡情的功能。玩沙、画画都是源自人的天性，玩沙画对人尤其是孩童具有天然的亲近感。它充满欢乐、充满神奇、雅俗共赏、妙趣横生、惊喜不断，极大地激发了人的创造激情，树立了创造的信心，挖掘了创造的潜能。在沙画的天地里谁都可以玩一把艺术。玩沙画是积极的、阳光的、放松的、愉悦的、艺术的，更是充满智慧的。

积极的推广沙画艺术教育，其原因还在于玩沙画易上手、易入门、进步快、效果好，这也是沙画区别于其他艺术类教育的地方，是可以真正做到寓教于乐的形式。

丝路
扫一扫　精彩沙画视频　马上呈现

信仰的味道
扫一扫　精彩沙画视频　马上呈现

嘉宾推荐语

【一】

苏大宝是知名的沙画家，也是一位勤奋耕耘的、富有社会责任感的艺术家。除了积极推动沙画艺术、沙画教育之外，他还致力于青少年的课外艺术修养辅导。一把沙子，就可以画出心中的世界，让孩子们在梦想与理想中，在美育、美德中健康成长。有梦想的社会，才是有力量的社会。让我们在苏大宝先生缤纷多彩的沙画世界里，看到中国人对于美好世界的情怀与寄托。

——陈平

国际民间艺术组织全球副主席

暨南大学文化遗产创意产业研究院院长、教授

【二】

苏大宝是一位有着极高艺术天赋和丰富才思情感的人。“一沙一世界”，一沙万般情。沙画艺术家苏大宝玩沙、悟沙，把自己当作一粒沙，开拓出一片特有的诗意天地。如果说沙画是他艺术创作的精彩呈现，那么《沙间集》著作就是他生活与艺术间的精神写照。阅读此著，会让您切实感受到沙的纯粹与真诚；沙的沉着与灵性；沙的可爱与浪漫；沙的神奇与斑斓；沙的温度与魅力；沙的悠闲与欢颜……沙画背后的故事定是精彩无限！

——陈联合

著名诗人、书法家，中国硬笔书法协会副主席

【三】

苏大宝是我的老乡，文如其人。他的散文很有生活气息，也像他的沙画一样，从中能感受到一草一木的韵味，满溢着真性情，以及他的才华与睿智。这些作品很多都取材于日常生活，充满着生活情趣，其文笔细致入微，让人从中体味到人生哲思。

——陈思思

著名歌唱家

【四】

大宝沙画，古今独步。彩沙为墨，五指作笔。描摹山水，刻画人物。演绎故事，阐发义理。吴带当风，不见顾陆。似洛神赋，似上河图。有西洋镜，有蒙太奇。方寸之间，穷其变化。瞬间永恒，摄人魂魄。

大宝其人，灵心慧性。痴迷画艺，从勤用苦。遍访名师，馀辉照书。起奇特想，得未曾法。心手相应，画艺渐卓。春晚飞声，奥运展翼。以丹青手，写云水姿。言炳堂坛，道润金壁。麟阁标名，万众仰止。

我与大宝，幸运相识。拙诗一首，偶为其知。爹娘是佛，朝霭春晖。所报无多，愧为人子。中华百善，孝道为先。千里烧香，何如敬此。配曲成歌，传唱于世。做成沙画，巧妙构思。观之既久，恒德不已！

——陈廷佑

著名作家、诗人、书法家

【五】

十年的时间，我见证了“一粒沙”用梦想、真诚、坚持和乐观磨砺出了金子的光芒。

——陈伟鸿

中央广播电视总台著名主持人

【六】

沙画艺术在中国是一门新兴的艺术门类，是苏大宝先生从西方引进到中国并将其发扬光大的。我非常敬佩和赞赏他对艺术的执着和追求。在推广沙画教育方面，他也做了很多的工作，他在以他的方式影响着下一代。

《沙间集》问世，难能可贵，凝聚了他十多年的心得、体会和感悟，是沙里淘出的金子。为我的好兄弟、好朋友苏大宝先生感到由衷的高兴！

——童心

中央电视台著名导演、中国少儿电视演出的开拓者

【七】

认识大宝老师是从他的沙画作品“我是一粒沙”这段视频开始的，记得当时我不仅被他在沙中描绘的灵动画面所震撼，更被片尾的那首诗作而触动得泪盈满眶……今天当我一气呵成读完大宝老师转来的《沙间集》初稿，这种感动又被一次次唤起，令我久久不能平息，它让我对大宝老师有了一个更立体、更丰满的认识。斯蒂芬·茨威格在《人类的群星闪耀时》里有句名言：“一个人最大的幸福莫过于在人生的中途、富有创造力的壮年，发现自己此生的使命。”而大宝老师有幸于非常年轻的时候就在各种坎坷中探索出此生使命——成为了杰出的沙画艺术家。这种灵性是命运馈赠予他的礼物，然而命运这双热烈的臂膀只愿意为“坚持、坚持、再坚持”的强者高高举起。《沙间集》中每一篇描述的都是成就刚柔并兼勇敢者的生活历程，正是这些人间真情支撑着大宝老师对创作技艺孜孜不倦的追求，正是这些对生活的感悟让大宝老师因此获得了艺术语言表达的自如。我很欣赏《沙间集》中透溢出来的那种对于自然、生活和艺术的敬畏感。让我们一起随着文字走进大宝老师的五感空间（感恩—感谢—感受—感怀—感悟），学习他的感恩情怀，汲取他的励志精神！为大宝老师点赞！

——巫碧秀

丝绸之路城市联盟秘书长

（按姓名拼音排序，排名不分先后）

出版寄语

在微信上收到大宝发来他的散文集《沙间集》的时候是残暑季节8月初的一个中午。当时正忙于看学生们的期末报告，就暂时没有阅读。数日后的一个晚上，我打开《沙间集》开始阅读，不曾想竟一气呵成直到深夜读完。在《沙间集》里，我看到了一个年轻的沙画艺术家成长过程的坎坷和字里行间闪烁着的作者的精神，以及那一个个给人以启示的故事。

认识大宝是在几年前的一个朋友聚会上，我们共同的朋友彦君成为我们相识的桥梁。由于我基本上是住在国外，所以我和大宝的交流，更多是通过微信。不过这并不妨碍我们的交流。

我相信凡是跟大宝相识且有所交往的人，一定和我有同样的感受。那就是大宝身上表现出的真诚朴实，谦虚厚重的品格和执着刻苦，认真严谨的精神，就像磁石一般，吸引着你对他的关心，并最终赢得你对他的信任，还有对他的成就充满更大的期待。读了《沙间集》后，我发现大宝身上那吸引人的品格与精神的形成，既有他成长环境与社会经历记录的影响，更有父母与祖辈在他身上描绘的烙印。

大宝的艺术成就是优秀、非凡、令人敬佩的。他不仅是每天演练沙画，他还每天研习书法。他的书法也同样出色。他送给我的一幅王昌龄的诗，我非常喜欢，一直挂在我常用于会客的中式茶室。读大宝的《沙间集》时我就在想，大宝的艺术成就虽然一定有他天赋的一面，但是，如果没有他的“坚持，坚持，再坚持”的行动，也一定不会有如今的成就。

我夫人跟大宝也是朋友，她同样喜欢大宝的沙画，喜欢大宝的书法，也同样更欣赏大宝的为人。今天我和夫人交谈时，我们有一个共同的想法，应该推荐给更多的人读一读《沙间集》，希望有更多的人通过《沙间集》成为大宝的朋友。

“寒玉连天夜入吴，平明送客楚山孤。洛阳亲友如相问，一片冰心在玉壶。”每次当我看着大宝在我回日本前送给我的这幅唐代王昌龄的古诗的墨迹时，我都仿佛感觉到在跟他对话。似乎是告诉我不论在何时何地问候他的时候，他都在同样地告诉我：“请转告大家，我的心永远会像玉壶里的冰一样纯洁，未受功名利禄世俗的沾污。”

我推荐朋友们通过大宝《沙间集》里的散文杂记，不仅是去了解一个艺术家成就的轨迹，更希望朋友们和大宝身上所体现的品格与精神成为朋友。

日本明治学院大学经济学部产业经济研究所主任

宋立水

2018年10月吉日